岸馬きらく
イラスト／黒なまこ
キャラクター原案・漫画／らたん
飛び降りようとしている
女子高生を助けたら
どうなるのか？

もくじ

飛び降りようとしている女子高生を助けたらどうなるのか？

岸馬きらく

角川スニーカー文庫

22617

口絵・本文イラスト：黒なまこ
漫画：らたん
デザイン：伸童舎

プロローグ　彼女

彼女が欲しくなった。

彼女が欲しくなったのだ。

彼女が欲しくなったのである。

高校二年生の結城《ゆうき》祐介《ゆうすけ》がふとそう思ったのは、二日前のことだった。

それまで結城は恋愛関係については、一切と言っていいほど興味がなかった。というより、それどころではなかったとも言える。中学の時に父親を亡くした結城は、バイトで生活費を稼ぎながら高校の授業料が全額免除され家賃も補助される特待生として常に学年上位の成績をキープしなくてはならなかったからだ。

同級生たちがやれ「○○さんは学園のアイドルだ」だの「□□先輩は王子様よ」だの言っているのを聞いて、余裕があって羨《うらや》ましい限りだわ、などと一人毒づきながら参考書に向かい、放課後は生活のためにバイトに明け暮れる日々だった。

そんな結城が、彼女が欲しいと思ったのは、夜遅くにバイトから帰ってきた時である。

いつものように、アパートの暗い部屋の明かりをつけ、風呂《ふろ》の給湯器《きゅうとうき》のスイッチを入れ、寝る前までにどの教科を勉強しようかなどと考えながらコンビニ弁当のラップを剝《は》がしたその時である。

「……彼女が欲しい」

気がつけばそんな言葉を口にしていた。

ハッとなって、自分が今言った言葉を反芻《はんすう》する。

彼女が欲しい。

彼女が欲しいと自分は言ったのだ。

「そ、そうか。考えてみれば当然の話だろ……」

結城祐介は多少他の同年代たちよりストイックなきらいはあるが、健全な十七歳の青年である。普通に考えて彼女の一人も欲しくないわけがないではないか。にんげんだもの。

「なんてことだ、彼女が……欲しくなってしまった……」

頭を抱える結城。

しかし、まあ、そうは言っても思ったからといってすぐにできるようなことはない。

そう考えて、その日はいつものように食事をして風呂に入って勉強をして寝たが、一度ついてしまった思春期の炎はその熱量を増し続けた。

翌日も一日中、頭の中でまだ見ぬ彼女とのデートやら何やらがグルグルと動き回り、ついに本日の数学の時間に

$(\cos\beta - \cos\alpha)\ 2 + (\sin\alpha - \sin\beta)\ 2 =$ 彼女が欲しい

などという理解不能な新しい計算式を生み出してしまい、いよいよヤバいなと思った。

「彼女欲しすぎるだろ俺……」

◇

さて。

その日もバイトを終えてコンビニの弁当を買った結城は、いつもの道を歩いていた。

天気は雨である。結城は傘を差しながら日本史の暗記を行っていた。

「家康《いえやす》、秀忠《ひでただ》、家光《いえみつ》、家綱《いえつな》、彼女が欲しい……じゃねえ。家宣《いえのぶ》、家継《いえつぐ》、吉宗《よしむね》、彼女が欲しい……あーくそっ!!」

五代目と九代目将軍が『徳川《とくがわ》彼女が欲しい』になってしまった。この調子で行くと試験の名前欄に彼女が欲しいと書いてしまう日も近いのではないだろうか？

どうしてこうなってしまったのか……。

学校の数少ない友人の一人は変態の極みみたいな男であるが、流石にここまで脳みそが

ピンク色の方向に染まっているということはないだろう。

「あー、やべーなこれ。そして、彼女欲しい」

そう言って頭上を見上げた時。

「ん？　アレなんだ？」

夜で雨が降っているためハッキリとは見えないが、道の向かい側にある廃ビルの屋上に人影が見えた気がした。

「いやいや、まさかな」

とは、言ってみたものの、こんな時間でこんな天気の日に廃ビルの屋上に誰かがいるとしたら……それはもう目的といったらアレしかないのではないだろうか。そんなことを思ってしまう。

「……ちっ」

結城は廃ビルの階段を登り始めた。

◇

「うわ。ほんとにいやがったよ」

屋上についた結城はそう呟《つぶや》いた。

囲むようにして取り付けられた腰の高さほどの柵《さく》の向こう側に、一人の少女が立っていた。しかも、よく見れば近所の有名なお嬢様学校の制服を着ていた。確か赤いリボンは高校一年生だとかなんとかクラスの連中が言っていた気がする。

少し迷ったが、ここまで見てしまったのを見なかったことにするのは寝覚めが悪い。

そう思って声をかけようとしたその時。

少女の体が傾いた。

「本気かよ!!」

結城はとっさにアスファルトを蹴《け》って、少女に駆け寄るとその体を抱きとめた。

「ぬおおおおおおお!!」

両腕に力を込めて、少女の体を引き戻す。

中学の頃運動部だったおかげか、それとも少女が軽かったからか、少女の体は柵を乗り越えて結城と一緒に屋上のアスファルトに倒れ込んだ。

「はあ、はあ、はあ」

結城はバクバクとする心臓の音を聞きながら、少女に向けて言う。

「まったく、お前何やってんだよ……」

その言葉に少女は顔を上げた。

ドクンと、結城の心臓が更に跳ね上がった。

（驚いたな。すげえ美人だぞ）

可憐《かれん》な大和撫子《やまとなでしこ》、という印象がピッタリ来る少女だった。目鼻立ちは優しげに整っており、雨で水の滴った腰まである長い黒髪は艶《つや》やかである。先程まで腕の中にあった体は華奢《きゃしゃ》ではあるが、必要なところには十分な起伏があった。

とはいえ、今はそれどころではない。

「お前、死ぬつもりだったのか？」

結城が尋ねると、少女は肩をビクリとさせその場に固まる。

言葉はない。が、ものすごく怖がられているのは分かった。

しばらくして、少女はゆっくりと首を縦に振った。

やっぱりか。完全に体投げ出してたしな。と呟く結城。

「とりあえずこういう時はどうすればいいんだ？　あれか？　親か、警察に……」

そう言って携帯を取り出す結城。

そのシャツの裾《すそ》を少女が引っ張った。

そして、黙ったまま小さく首を横に振る。

「いや、そうは言ってもな」

結城としては個人が自分の命をどう使おうと勝手だとは思うのだが、目の前で死なれてしまうのはさすがに寝覚めが悪いどころではない。

しかし、少女は小さく、本当に小さく消え入りそうな声で。

「……やめて……それは、やめてください……」

そんな事を言ってきた。

「そうは言ってもな……」

結城としてもこのまま「はい、そうですか」と立ち去るのがはばかられる理由があった。

「なあ、その痣《あざ》、どうしたんだ？」

「……!?」

少女はハッとして自分の肩を抱いた。

先程引き上げたときに制服の一部がはだけて、下に着ているシャツが見えていた。

今は雨が降っている。

シャツは皮膚に張り付き、少しだけ透けていた。

本来なら色っぽい場面だが、そんなことを言っていられないものがどうしても目に飛び込んで来る。

シャツの上からでもくっきりと見える痣と傷跡である。

結城は昔スポーツをやっていたため、怪我や傷など日常茶飯事だった。

だからこそ分かる。

こんな、くっきりと残るような傷は自然にはつかない。

それこそ、意図的な暴力でもないかぎりは。なにより、制服で隠れるところだけ狙ったかのようについているのだ。どんなことがあったのか想像に難くないというものだろう。

「ほんとうに……大丈夫ですから……」

さすがに、こんな目で訴えかけてくる相手の言葉を無視して警察に突き出すのも良心が咎《とが》める。

（とはいえ、放っておくのもなあ……）

「……はあ、わかったよ」

結城は携帯をしまった。ひとまず落ち着いてもらおう。

「とりあえず、うちに来いよ」

「……え？」

少女が不思議そうな顔でこちらを見てきた。

「いや、そのまんまじゃ風邪引くだろ？」

自分で言っておいて、ついさっき死のうとしてた人間が風邪引くことを気にするのか？と思った。

◇

シャワーの音が結城の住む１ＤＫの部屋に響いていた。

「つーか、女の子家に入れたの初めてだな」

結城はリビングでベッドの上に胡座《あぐら》をかいて座りながらそんな独り言を言った。

「……シャワー、ありがとうございました」

先程屋上から飛び降りようとしていた少女は、タオルで長い黒髪を拭《ふ》きながらリビングにやってきた。着ているのは、結城の貸したジャージである。結城は背が高い方ではあるので、だいぶ丈が余ってしまっている。

しかし、それでも湯上がりの少女というのはつい見とれてしまう魅力がある。

少女は少し黙って立ち尽くしていた。

ああ、どこに座っていいのか分からなかったのか。と結城は気がついた。

「その椅子座っていいよ」

と、この部屋に一つだけある机の前に置かれた椅子を指差す。

少女は、小さく頭を下げると、その椅子に座った。

所作の一つ一つが丁寧というか綺麗《きれい》である。育ちの良さみたいなものを感じさせた。

「……」

「……」

少女は少し俯《うつむ》いたまま黙っているので、沈黙が部屋を支配した。

らちがあかないので、結城から聞いてみることにする。

「俺は、結城祐介。お前は？」

結城が尋ねると、少女はビクリとした後、小さく口を開いた。

「……初白《はつしろ》小鳥《ことり》」

少女、初白は消えてしまいそうな掠《かす》れた声でそう言った。

「初白か。なあ、お前なんであんなことしようとしたんだ？」

「……」

その言葉に、ギュッと目をつぶり下を向いて黙ってしまう初白。

言ってから、しまったなと思った。自らの命を投げ出すほどのことだ、相当にデリケートな部分のはずである。先程から結城が何かを問いかけるたびに怖がって身をすくませているあたり、何かあるのだろう。

「ああ、ごめんな。答えたくないなら答えなくても」

「……私は、無いですから」

「ん？」

「私は……生きている意味……無いですから……」

そう言った初白の目には、見ていて恐ろしくなるほどに冷たく底の見えない暗さがあった。

ああ、ほんとにヤバいなこれ。ほっとくとまた飛び降りそうだ。

友人は「世の中には死ぬ死ぬ言って死ぬ気は全くなくて、ただ構ってほしいだけのかまってちゃんがいるんだよ」などと言っていたが、この少女はつい先程本気で体を投げ出したガチ勢である。

どうしよう。なんとか引き止められないだろうか。正直、自分と年の変わらない少女が死ぬのはもったいないと思う。しかも、結構美少女だし。

（っていうか、この娘《こ》ほんと可愛いよな）

テレビに出てくるアイドルや女優よりも遥《はる》かに可愛いぞ。などと考えていたせいか、気がついたらこんなことを言っていた。

「なら、俺の彼女になってくれよ」

「……？」

初白が小首をかしげた。

「ん？　あれ？」

結城は今しがた自分の言ったことを思い出す。

俺、今この娘に何言った？

「あー、いや、ちょっと待って。ちゃうねん。ちゃうねん。これはあれだ。生きてる意味が無いっていうからさ。んで、ほら、彼氏とかいたら生きてる理由になるかなって。ちょうど俺も今すっごい彼女欲しくてさ。しかも、初白は俺の好みど真ん中で……あー、何言ってんだー俺!!」

　結城はボンボンと自分の枕にヘッドバットする。

「違うからな!!　俺の部屋に入れたのそういうつもりは無いから!!　断じて無いから!!　少なくとも連れてきた時は無かったから!!」

「連れてきた時……は、ですか？」

「はい!!　すいません!!　今はあります!!　だってー、お前スゲー可愛いんだもん、好みどストライクなんだもん。彼女が欲しいんだもん」

　結城は枕に顔を埋《うず》めてモゴモゴした声で言う。

「いいよ。出てってくれてかまわない。ここには妖怪《ようかい》彼女欲しい星人がいるから。身の危険感じるだろ」

　妖怪なのか宇宙人なのかどっちなんだと言いたくなる生命体を口にしてしまう結城。テンパり過ぎである。

　しかし。

「……ふふ」

　初白は小さく笑った。

　初めて見せるその表情の可愛さに、結城の心拍数が跳ね上がる。

そして、初白は結城の顔を真っ直ぐに見つめると、思いもしない事を言ってきた。

「いい……ですよ」

「……え？　なんて？」

ベタなラブコメ主人公みたいなことを言ってしまう結城。

「……彼女、なりますよ」

結城は自分で提案しておいて事態が飲み込めず、停止してしまう。

「そのかわりと言ってはなんですが、少しの間、ここに置いていただいても大丈夫でしょうか？」

「え？　ああ、まあ。なんか事情もあるみたいだし。付き合ってる相手が少し家に泊まるくらいはおかしくもないしな……というか」

結城が尋ねる。

「いいの？　俺と初白会ったばっかりなのに」

「……ええ。私には他にいくところもやりたいことも無いですし、助けたからといって無理にあれこれ強要しなかった結城さんはいい人だと思います。それに……」

「それに……？」

「……その、あんなにストレートに『可愛い』とか『好みどストライク』とか言ってくれて……嬉《うれ》しかった……ですから……」

そう言って、両手で顔を隠す。隠したはいいが、耳のところまで赤くなっていた。

可愛いな、おい。

「……そういうわけで、お願いしますね……私の彼氏さん」

「お、おう。こちらこそ、よろしく頼むわ俺の……彼女」

結城の顔も真っ赤であった。

第一話　手を繋ぐ、手料理

「……ここは」

初白《はつしろ》小鳥《ことり》は結城《ゆうき》の部屋で一人、目を覚ました。

時計を見てビクリとする。時刻は十三時。しかも今日は平日だ。

マズい、完全に遅刻だ。

『――!!　――!!』

それを認識した瞬間、頭の中に響く聞き慣れた怒声。

「……うっ、くっ」

息が詰まる。胸が苦しい。

怖い。ひたすらに怖い。

何もしていないのに目尻《めじり》に涙が浮かぶ。

「……っ、はあ、はあ、はあ」

胸を押さえて呼吸を整える。

大丈夫。大丈夫だ。

ここは昨日会った男の子の家。あの場所じゃない。

数分かかってようやく落ち着くと、初白はもう一度布団の上に倒れ込んだ。

体が鉛みたいに重い。

指一本動かす気力も湧いてこなかった。

「私、疲れてたんですね……」

ずっと気を張っていたんだなとようやく気がついた。

「……もう少し、眠っても大丈夫ですよね」

うん……たぶん、大丈夫。

ここは安全だ……と思う。少なくとも今は学校に行っているであろう家主は優しい人だ。

「でも……その前に」

初白はなんとか右手を動かして目覚まし時計を十六時にセットした。

さすがに結城が帰ってきたときには起きて出迎えないと失礼だと思う。

それに昨日、自分が彼女になると言ったときの結城の喜び方は凄《すご》かった。こっちまで嬉しくなってしまったほどだ。

帰ったときに自分が出迎えたらまた喜んでくれるかもしれない。

「ふふ」

思い出すと自然と笑みがこぼれた。

さあ寝よう。二度寝なんていつ以来だろう。

初白は毛布に包《くる》まると、ゆっくりと目を閉じて体の力を抜いた。

◇

彼女ができてしまった。

彼女ができてしまったのだ。

彼女ができてしまったのである。

これだと別の意味に見えるが、とにかく、結城祐介《ゆうすけ》は彼女ができてしまった。

念願叶《かな》って、内心転がりまわるほどテンションの上がっていた結城だったが、そこでふとあることに気がつく。

そう言えば、彼女ができたら何をするものなのだろうか？

今まで、思春期の少年としては不健全極まりないくらい色恋沙汰《ざた》に興味の無かった結城である。

ここ三日間していた妄想も、なんというかモヤモヤした感じで、なんか隣に彼女（仮）

がいて自分と幸せそうな感じでなんかしている、という抽象的すぎるものであった。

午前中の授業をそんなことを頭の片隅で考えながら悶々《もんもん》と過ごしていたが、やはり自分だけで考えても具体的な考えが浮かんでこなかったので、昼休みになると後ろの席にいる数少ない友人に聞いてみることにした。

「なあ、大谷《おおたに》。世の彼氏彼女ってのはどんな事するもんなんだ？」

「は？　なんか変なものでも食べたのアンタ？」

いきなり辛辣《しんらつ》な言葉を返してきたのは大谷翔《しょう》子《こ》である。ナイロールの赤い眼鏡をかけた若干恰幅《かっぷく》のいい女子である（「お前ガタイいいな」と素直に言ったら、「肉付きがいいと言え」とシバかれた事がある）。

容姿に関しては少しキツめの印象はあるが実は相当に整っており、少々脂肪を落とせばとんでもない美人になるのではなかろうか。

ちなみに、一文字違いだが某二刀流メジャーリーガーとは全く関係がない。強いて言うならクラス委員と漫研の二刀流である。

「いやほら、お前恋愛物よく描くって言ってたじゃん。詳しいかと思ってさ」

「アタシが描いてるの男と男のやつだけどね」

「え？」

「てかなに、アンタ彼女できたの？」

「え？　あーと……まあ、その、そういうことで」

初白の事情もあるし隠そうかとも思ったが、自分から相談しておいて隠すのも不誠実だろう。

あと、彼女ができたことをちょっと自慢したいお年頃である。

自然と口元が緩んでしまう。

「ニヤけ面が壊滅的にウザいわ」

相当表情が緩んでいたのだろう。辛辣なお言葉を頂いてしまった。

「しかし、アンタに彼女ねえ。そういうの微塵《みじん》も興味ないと思ってたけど。どんな子なのよ？」

「どんな子？」

うーむ、と。結城は腕を組んで首をひねる。

「どんな子と言われても、昨日会ったばっかりなんだよな」

「何よそれ？　会ってその日に付き合うことにしたの？」

呆《あき》れた、というように大谷は頬杖《ほおづえ》をついてため息を吐く。

「まあ、いいわ。アンタらしいかもしれないしね。でまあ、付き合ったら何するかだっけ？」

「お、おう。そう。それだ。ぶっちゃけ、今まで全く興味が無かったから分からないんだよ」

「そうねえ。付き合ってすることと言えばやっぱり……」

「やっぱり？」

「S○Xじゃない？」

「……乙女の恥じらいは無いのかお前には」

「無いわ」

即答である。男前だった。

「受精卵から生まれといて何を恥じろって言うのよ。それともアンタしたくないの？」

「いや、そりゃもちろんしたいけどよ」

何せ健全な十七歳である。ニンゲンナノダ。

「でもほら、順序ってあるじゃん……いきなりそういうのは、相手も嫌だろうし……それに、ヤるだけが彼氏彼女ってわけでもないだろ。こう、色々とイチャイチャしたいんだよ」

「ふーん。アンタ意外に乙女ね」

そうなのだろうか？　自分と同じくらいの年の男というのは、とにかくアレをアレにアレすることだけ考えるものなのか？

「まあいいわ。そうねえ、アタシの今まで見てきた少女漫画とかラブコメとかエ○ゲとかから引っ張ってくるなら」

最後のは聞かなかったことにしよう。結城たちは健全な十七歳の高校生である。コンプライアンス。

「まずは、手を繋《つな》ぐとかかしらね。男なら彼女に手料理を作ってもらうとかも人気よ」

「手を繋ぐに、手料理なあ」

◇

本日はバイトはないため、結城は久しぶりに授業が終わってすぐに帰ることにした。明るいうちに帰るのは久しぶりである。

「手を繋ぐ……手料理……手を繋ぐ……手料理……」

結城はブツブツとそんなことを言いながら、帰り道を歩いていた。かなり不審者っぽいかもしれないが、大谷から言われたそれが頭から離れなかった。確かに、彼女と手を繋ぐのはなかなかやってみたいことであった。手料理も言わずもがなである。とはいえ、これをどう初白にお願いしようかということである。

まあ、彼氏彼女なのだから遠慮せずに言えばいいのかもしれないのだが、どうにも恥ずかしい。何より宿を貸している身でそんなことを頼めば、強要しているみたいではないか。

そんなことを考えつつ歩いていた結城は、いつの間にか自宅の前に到着していた。

「……手を繋ぐ……手料理……」

　ドアノブを捻《ひね》って玄関の扉を開けた。

「……あ。お帰りなさい。結城さん」

「手を繋ぐ!!　手料理!!」

「はい？」

「え？　あ、ちょっと待って、今のノーカンノーカン!!」

　久しくお帰りなどと言われなかったせいか、ただいまの代わりに勢い余って大声でそんなことを言ってしまった結城であった。

◇

「なるほど、そういうことでしたか」

「……はい、そういうことです」

　結城はリビングのテーブルで初白と向かい合って座っていた。

　先ほど玄関で「せっかく彼氏彼女になったんだからやりたいこと」を口走ったのを初白に聞かれ、誤魔化《ごまか》すのも不自然だったので素直に話したしだいである。

　自分の口から説明するとこれまた恥ずかしかった。

　などと、結城が思っていると。

「……繋いでみますか」

初白がそう言ってきた。

「え？」

「……手、繋いでみますか？」

初白はそう言ってテーブルの上に右手を差し出してきた。

「……え、ホントにいいの？」

「は、はい。結城さんは私の彼氏……ですから……」

自分でそう言って照れたのか、顔を赤らめる初白。自分の彼女の反則的な可愛さに結城も顔が熱くなる。

「で、では、失礼して」

そう言って恐る恐る結城が手を伸ばそうとしたとき。

「あっ、その」

初白は消えてしまいそうな小さい声で言う。

「……できれば……優しく、お願いします……」

「あ、ああ、そうだな」

昨日から気づいていたことだが、初白は誰かが彼女に手を伸ばしたり、少し強めの言葉を使ったりすると過剰に怯《おび》える節がある。

だから、手を繋ぐ時もゆっくりと優しく、である。

「……よし」

再び覚悟を決めて手を伸ばす。

結城はテーブルの真ん中に手のひらを天井に向けて置かれている初白の右手を見る。

白くて小さくて綺麗《きれい》な手だった。結城のように筋張っていないし、ゴツゴツしてもいない。

結城は改めて初白を見る。ああ、やっぱりこの娘は綺麗だ。優しげに整った目鼻立ち、艶《つや》やかな長い黒髪、華奢《きやしや》だがバランスの取れたスタイル。所作の一つ一つも上品である。

少々目つきが悪く、適当に切りそろえた短髪で、一つ一つの所作が雑な自分とは何もかもが正反対で、だからこそ惹《ひ》かれる。だからこそ、触れることに緊張する。

そう思いながら手を伸ばして、結城の手が初白に触れる直前。

結城は気がついた。

「……」

初白は目をつぶって震えていた。

普段は穏やかで優しげな雰囲気だが、今はまるで仕置きを恐れる子犬のようだった。

理由は分かっている。

初白が着ているお嬢様学校の制服の襟からくっきりと見える青あざと傷跡。

昨日も見た生々しい暴力の跡だ。

具体的に何があったかは想像するしか無いが、初白はどうしようもなく人に触られるのが怖いのだろう。

結城はふっと表情を緩め、手を引っ込めた。

「ありがとうな、初白」

「……えっ？」

初白は顔を上げ目を見開いて結城を見る。

「怖いんだろ？　それでも、手を繋ごうとしてくれて嬉《うれ》しいよ」

「そ、そんな……」

初白は首をフルフルと横に振る。

「……駄目ですよ、泊めてもらってるわけですし……これくらいは……」

「無理するな。俺はお前も喜んでくれないと嬉しくねえよ」

初白は申し訳なさそうに俯《うつむ》いた。

「……すい……ません。どうしても、人が……怖くて……結城さんはいい人だって分かってるんです、でも……」

「いいよ。ゆっくりで、少しずつで」

結城はそう言って初白に微笑みかける。

「でも、アレだな。最終的にはギュッてしたいな」

「……ギュッてですか？」

「おう。こう両手でガバッとな」

結城はそう言って両手を広げてベッドの上にある枕を抱きしめる。

それを見て初白は目を丸くする。

「……あ、もしかして引いたか？」

「ふふ」

小さく笑う初白。笑うとほんとに可愛いなおい。いずれとは言わず今すぐ抱きしめたくなるぞ。

「……そうですね。少し時間はかかると思いますけど、いつか、私の気持ちの整理がついたらお願いしますね……」

「おう」

「あ、でも、代わりにと言ってはなんですけど、お料理は少しできるので、作りますよ」

「お、ほんとか!?」

一気にテンションを上げる結城。当然である。彼女の手料理は全男のロマンだ。

「あ、でも、コンビニ弁当買ってきちゃったしな」

「じゃあ、明日《あした》の朝ですかね」

「だな。楽しみだなあ!!」

◇

翌朝。

結城はいつも通り、朝の六時になる少し前に起床した。

目覚まし時計は六時ちょうどにセットしているのだが、体がこの時間に起きる習慣になっているため、あまりお世話になったことはない。寝起きはそれなりにいい方であると自覚している。だが、今日はいつにも増して元気よく跳ね起きた。

「よっしゃ、彼女の手料理だ!!」

テンションは遠足の日の小学生並みだった。

さて、その彼女はというとまだ目覚ましが鳴っていないのでリビングの床に敷かれた布団で寝ている。

二日前は初白がベッドを使っていたのだが、今回は初白に言われて結城が使っていた。

結城としては初白に使ってもらいたかったのだが、気にしないと言っても初白が「家主である結城さんが使うべきです」と遠慮したのである。

さっそく、手料理を作ってもらおう!!

「初白、おは……」

その初白は毛布を両手でギュッと握りしめ、身をすくめて寝ている。表情は硬く、まるで何かに怯えているようだった。

「……ごめんなさい……お母さん……」

初白は瞳《ひとみ》を閉じたまま小さくそんなことを呟《つぶや》いた。

「……私……頑張ります……から……だから……」

「……いいさ、ゆっくり休めば」

結城はそう呟くと、目覚ましのタイマーを切って、音を立てないように学校に行く準備をし、冷蔵庫から昨日コンビニで買った弁当を取り出して、箸《はし》と一緒にテーブルの上に置く。

そして、ノートを一ページ切ってメモを添えた。

「……行ってきます」

小さくそう言って、結城は部屋を出ていった。

◇

いつもの通り授業開始一時間前に学校についた結城は、これまたいつもの通り参考書を広げて勉強を始める。

「あいかわらず、ガリガリやってるわね」

ナイロールの眼鏡をした多分痩《や》せれば美人、大谷翔子である。

「当然だろ。余裕こいてる暇なんかねーよ」

結城は五段階ある特待生のランクで一番上のＳＡ特待である。ＳＡ特待は授業料や施設維持管理費の免除どころか修学旅行の積立金や家賃すら補助される。親からの金が一切期待できない結城にとっては有り難い話であった。しかし、ＳＡ特待は定期試験の順位で五位以内に入り続ける必要がある。

維持するためにはそれなりの努力は必要だった。

「大したもんだわ」

大谷はそう言うと、自分の席に座って読書を始める。

いつも教室に来る順番は結城と大谷のワンツーフィニッシュである。そして授業が始まるまで黙々と結城は参考書で問題を解き、大谷は黙って読書をするのである。

基本的にその間二人に言葉は無いのだが、今日は大谷の方から話しかけてきた。

「で、上手《うま》くいったの？」

「ん？」

「昨日のアレよ」

「ああ、アレか」

手を繋ぐのと、手料理である。

「えーっと、まだだな。昨日はできなかった」

「なによ、面白くないわね。せっかく教えたのに」

「……俺達《たち》には俺達のペースがあるんだよ」

「出会ってすぐに告白する癖によく言うわ」

それを言われると何も言えなくなってしまう結城である。今考えるとあの時の自分はどうかしていたとしか思えない。

その時。

教室のドアが勢いよく開け放たれ、一人の男子生徒が飛び込んできた。

藤《ふじ》井《い》亮《りよう》太《た》。結城の数少ない友人の一人で、二年生にして野球部のエースを張る男である。ノリがよく、野球部でも所属するクラスでもムードメーカー的な存在だ。ちなみに将棋は結城相手に六手で詰んだほどの腕前であり、某プロ棋士とはなんの関係もない。

この男、少々うるさいことを除けば、頭も学年で十位以内だし、顔に関しては校則であまり派手な髪形にできないにもかかわらずテレビに出てくる俳優も顔負けの爽《さわ》やかイケメンであり、性格もどんな相手にも分け隔てなく接するという完璧《かんぺき》な男なのだが、一つだけ欠点がある。

「翔子ちゅわあああああん!!」

この男、なにを思ったのか大谷翔子にアホみたいにアプローチを仕掛けているのだ。いや、確かに大谷は話しやすくてしっかりしているいい女だと思うのだが。

「今日も最高に素敵だね!!　付き合ってよ!!」

「朝からうるさい。黙らないとアタシの漫画の中できったないおっさんに掘らせるわよ」

「そんな辛辣《しんらつ》な君も素敵さ!!」

「帰れ」

当の大谷はこの塩対応っぷりである。

藤井はヤレヤレと肩をすくめて、結城の方を見る。

「なあ結城。どうして僕の気持ちは伝わらないのかな？　こんなにも熱い思いがあるというのに」

「軽薄そうだからじゃないか？」

そう言って結城は大谷の方を見る。

「軽薄で、うるさくて、思いやりが無いからよ」

きっぱりとそう言い切る大谷。つえーなコイツ。

結城は藤井に言う。

「なあ、お前ならいくらでも選べるのに、なんでこんな明確に拒絶するやつにアタックし

続けてるんだよ」

「ん？　愚問だね。そんなの翔子ちゃんが好きだからに決まってるよ!!」

　藤井は恥じらう様子もなく、爽やかにそう言い放った。コイツもつえーな。

「女の子はたくさんいるけど、翔子ちゃんは一人だけさ!!　それとも、もし結城に彼女がいるとして、他の娘《こ》といい感じになったら彼女と別れるか二股《ふたまた》でもするのかい？」

「断じて、アタシはアンタの彼女じゃないわよ」

「僕の脳内では式場まで予約済みだよ」

「新作は野球部のエースがホームレスのおっさんたちに○姦《かん》される話にするわ」

　また、アホな言葉の応酬を始めた二人を他所《よそ》に、結城はうーむと腕を組んだ。

「他に女はたくさんいるけど翔子は一人だけ……か。まあ、確かに。アイツ以外の女なんて考えられないしな」

「はい？　え？　何その言い方、え、マジで？　結城、彼女できたの？」

　これでもかと目をかっ開いて驚く藤井。せっかくのイケてる面《メン》が崩壊していた。クラスの女子が見たら泣くだろう。

　藤井は確認するように大谷に目を向けた。

「ええ、そうよ。驚いたことにね」

「……マジか」

何もそこまで驚かなくてもよかろうにと呟く結城。大谷もそうだったが、どうやら結城を知る人物にとっては中々の衝撃ニュースだったようである。

藤井はふうとため息を吐いて、いつもどおりの美男子に戻ると言う。

「まあ、良かったよ。お前はもうちょっと青春楽しんだほうがいいと思ってたからさ」

「ん？　なんでだ？」

「いや、流石に張り詰めすぎだと思ってたからさ。特待生維持するのが大変なのは分かるけど」

「そうか？」

「そうだよ。全然遊んでるの見たことないし」

入学してから勉強とバイト漬けだったため、あまりその辺は自覚がなかった結城である。

「……つか、結城また野球はやらないのか？」

結城は少し頭をかくとこう言った。

「まあ、やる理由もないし、それどころじゃねえよ」

「そうか……まあでも、彼女さんとは仲良くな!!　今度ダブルデートしよう、ね、翔子ちゃん!!」

「死ね」

大谷に思いっきり睨《にら》まれる藤井であった。

◇

初白は夢を見ていた。

夢の中で小さな自分が泣き叫んでいた。

ごめんなさい、ごめんなさい。私がワガママだったから。いい子になるから、どうか、どうかあの人を……。

初白はギュッと布団を抱きしめる。

こうして体を何かが覆っている間だけは、まるで自分と世界が隔てられているようで少し気が楽になる。

うっすらと瞼《まぶた》を開けた時、時計が見えた。

一瞬にして初白は血の気が引いた。

――しまった。

すでに時刻は十七時。結城に料理を作る約束だったのに。

『――!!　――!!』

頭の中で怒声が響く。

「……うっ」

布団の中で身をすくめる。

やってしまった。罪悪感が頭の中をグルグルと駆け回る。いっそ、このまま消えてしまいたかった。

「とにかく、起きないと……」

自分が消えたところで、相手が自分に寝過ごされた事実がなくなるわけでもない。

起き上がろうとするが昨日以上に体が重かった。どうやら、三日目にして本格的にこれまでの疲れが出たらしい。

なんとか体を起こすと、テーブルにコンビニの弁当が置いてあることに気がついた。丁寧に割り箸もついている。

ノートを切ったメモが添えられていた。

『この鮭弁当、めっちゃウマいからオススメ‼』

「……」

ああ……。優しいなあ。

さっきまで波打っていた心が静かになる。

「……いただきます」

初白はコンビニ弁当の蓋《ふた》を開けて食べ始める。

弁当は無機質な量産品だし少し冷たくなってしまっていたが、一口ごとに胸の奥のほうが温かくなった。

「ありがとうございます。結城さん」

その温かさに涙が出そうになる。

「……うん、美味《おい》しい」

久しぶりに食べものを美味しいと思って食べたかもしれない。

「私も、結城さんになにかできないかな……」

昨日から色々としてもらってばかりだ。

「……うん」

初白は弁当を食べ終えると、立ち上がって台所に歩いて行くのだった。

◇

結城は授業が終わったらすぐさまバイトに向かう。

せっせと汗水流して働き、仕事を終えた結城は帰り道を歩いていた。

時刻はすでに午後九時を過ぎている。

朝早くに学校に行って勉強し、この時間までバイトをして帰ったらまた勉強をして寝る。

いつもどおりの一日である。

「こうして考えてみると、ほんとに俺、勉強とバイトしかしてないかもな」

やらなければならないことをやっているだけなので、不満に思っているわけでもないのだが、藤井があぁ言うのも分からなくはない気がする。

「まあ!!　今の俺は彼女いるからな!!」

もう青春してないなどとは言えまい。

「まあ、まだ、恋人らしいことなんもできてないけど。これからやこれから……」

そんなことをブツブツと呟《つぶや》きながら歩いていると、アパートに着く。階段を登って自分の部屋のドアを開けた。

「あ、おかえりなさい。結城さん」

「……」

エプロンを着けて長い黒髪をポニーテールにまとめた初白が出迎えてきた。

昨日もそうだったが、いつもは帰ると真っ暗だった部屋に明かりがついている。

「……どうしました？」

「あ、ああ、いや。なんでもない。ただいま初白」

「……はい。それで、結城さん……今朝は申し訳ありませんでした。約束していたのに寝過ごしてしまって」

初白は沈んだ声でそう言って深々と頭を下げる。

その体はやはり小さく震えている。結城としてはそもそも自分が目覚ましを切ったので、怒るもなにもないのだが。これはそのまま言ったほうがいいのかもしれない。

「怒ってないから顔上げろよ」

「……本当ですか？」

「おう」

「……そう、ですよね。結城さんは、そういう人ですもんね……」

「また時間のある時に食わせてくれればいいよ」

結城がそう言うと、初白は少し表情を明るくして言う。

「はい。準備できてますよ、上がってください」

「ん？」

結城は言われるがままに初白の後についてリビングに歩いていく。すると、ほんのりと漂ってくるダシの匂い。

……こ、これは。

まさか……!!

「冷蔵庫の中にあったもの、勝手ながら使わせてもらいました。あまり凝ったものは作れなかったのですが」

彼女の手料理きたあああああああああああああああああああああああああああああああ

ああ
あ!!

　心の中でガッツポーズを取る結城。

「わっ、ど、どうしたんですか、急に」

「あ、すまねえ」

　どうやら心の中だけでなく、ほんとにガッツポーズしてしまったらしい。

　だって仕方ないではないか。

　手料理だぞ!!　彼女の!!　手料理だぞ!!

　さっそく、結城は手を洗ってテーブルの前に胡座《あぐら》をかいて座る。

　メニューは煮込みうどんである。

「あの、ほんとに、あまり凝ったものは作れなくて……すいません」

「いやいやいや!!!　全然、嬉《うれ》しいから!!　メチャクチャ嬉しいから!!　俺の人生で嬉しかったことベストスリーに入るから!!」

　では、いただきます。と結城は両手を合わせて箸《はし》を手に取る。

　まず、つゆを一口すする。

　あ、うまい。

　なんだこれ。全然俺が作るのと違うじゃないか。

と、極稀《まれ》に自炊する冷凍麺《れいとうめん》を戻して麺つゆを適当にぶっかけただけの男料理との味の違いに驚きを隠せない。使っているのは同じ冷凍麺のはずなのだが、一体何がここまで違うというのだろうか。入っている具材も一つ一つ全部ダシが染みていて美味しかった。

……ああ、沁《し》みる。心に沁みる味だわ。

こんな料理を食わせてくれる彼女がいるという幸せを噛《か》み締めながら、夢中で煮込みうどんをすする。

「……」

初白はそんな結城の姿を不安げな表情でじっと見つめていた。

ああ、そうだったな。と、結城は気がつく。

あまりに美味しくてつい大事なことを忘れていた。

「凄《すご》く美味しいよ。初白、ありがとう」

「……は、はい。ありがとうございます。嬉しい……です」

そう言って照れたように顔を赤らめる。

ぬおお、可愛いな。

結城はその姿を見て、そういえば髪をポニーテールにしてエプロンをつけた姿が死ぬほど似合っているということに今更ながらに気がつく。なんだこの新妻感は。

脳みそが幸せに侵食されていくのをひしひしと感じる。

スゲーな彼女の手料理イベント。これほどとは思わなかった。

そして、あっという間に食べ終えてしまう。

「……う、美味《うま》かった。正直もっと食べたいわ」

「さ、さすが男の子ですね……多めに作ったつもりなんですが。あの、材料はあるので、もう一杯作りましょうか？」

「え？　いいのか？」

作った分が余っているならまだしも、もう一度一から作らせるのは気が引ける。

だが……。うん、やっぱりもっと食べたいわ。この味を前にして自分の気持ちに嘘はつけない。

「じゃあ、おかわりお願いします」

「はい」

その時、結城が初白に丼を渡そうとして伸ばした手と、初白が丼を持っていこうと伸ばした手が偶然にもあたってしまう。

「……あっ」

そして、どちらからともなく、お互いの手のひらを合わせていた。初白の手の柔らかい感触が手のひらを通して伝わってくる。

「……」

「……大丈夫、か？」

触れ合っている初白の手は、やはり少しだが震えている。

結城は手を離そうとしたが、その手をなんと初白の指が包み込んだ。

驚いて顔を上げて初白を見る。

「……怖くないと言えば、嘘になりますけど……」

初白はさっきよりも一段と赤くなった顔で言う。

「でも、それ以上に嬉しいですから……」

「そうか……」

「……はい、そうです。ですから、もう少し、このまま……」

「ああ」

「……」

「……」

静寂がリビングを優しく包み込む。一方、結城の内心は一言で言うなら。

ぬおおおおおおおおおおおおお。

となっていた。

なんだよ、俺の彼女可愛すぎるだろ。ついに手も繋《つな》いじゃったし。ああ、いいのかこれ？　俺今日死んだりしないか？

そんな、結城の内心も知らず、初白は繋いだ手をギュッと握ってきた。そして、目尻《めじり》を下げ嬉しそうな安らいだ表情になってこう呟く。

「……あったかい」

ぬおお!!

初白も食べろよ
うま
うま
っ
あ、はい
いただきます
ちゅる
すっ
つるん
おいしくできてますね
にこっ
ぽ〜〜〜
はい、かわいい

第二話　プレゼントしたい

彼女が可愛すぎる。

彼女が可愛すぎるのだ。

彼女が可愛すぎるのである。

「……なあ、俺の彼女が可愛すぎるんだけど、どうしたらいいと思う？」

「知るか」

結城《ゆうき》が昼休みにそんな事を言ったら、漫画を読んでいる大谷《おおたに》に一蹴《いっしゅう》された。

しかし、テンションの上がっている結城はそこで止まることはない。

「いやね。見てくださいよこれを」

そう言って結城が指さしたのは、机の上に広げている弁当箱だった。

卵焼き、ごぼうと人参《にんじん》のきんぴら、唐揚げ、野菜炒《いた》め、鶏肉《とりにく》のそぼろをまぶしたご飯という、ベタながら丁寧で温かみのある手作りの弁当である。

「美味しそうね」

「違うぜ!!　ガチで美味いんだな、これが!!」

「……うぜえ」

大谷がなにか言った気もするが、結城は特に気にしないことにした。

ちなみにこの弁当だけでなく、初めて料理を作ってもらった日から、毎日朝晩の食事と昼の弁当は初白《はつしろ》が作ってくれていた。おかげでここ数日体調が凄《すさ》まじくいい。やはり、コンビニ弁当だけでは色々と偏っていたんだなと思う。

今日もバイトから帰れば初白が電気のついた部屋で温かい料理を作って待ってくれているだろう。

「ほんとに、ありがたいわ」

感謝してもしきれない。

「んでまあ、お礼に何かしてやりたいんだよね。女の子が喜ぶこと」

「ふーん、ならプレゼントとかしてみれば？」

そう言って大谷が読んでいた漫画をこちらの方に見せてくる。

繊細なタッチで描かれた少女が、彼氏からの贈り物であるクマのぬいぐるみを嬉しそうに抱きかかえていた。

「ふむ、なるほど……」

確かに女の子はカワイイものが大好きだと聞く。

結城は脳内で漫画のヒロインを初白に置き換える。

手渡されたぬいぐるみを顔を赤らめながら受け取って、そして。

『……ありがとうございます（ギュッとぬいぐるみを抱きしめる）』

「……死ぬほどカワイイじゃねえか!!」

「最近のアンタは死ぬほどウザいわよ……」

◇

「プレゼントですか、ぬいぐるみを？」

「ああ、いつも、飯作ってもらってるお礼にな」

その日の夜、結城は夕食を食べている時にさっそく初白にプレゼントの件を話すことにした。

「いえ、そんな、申し訳ないですよ……」

しかし、初白はすぐに首を横に振りながらそう言った。

「二人分の食費を払ってもらっているのに……これ以上ご厄介になるわけにはいきませんよ……」

「いや、そんな事気にしなくていいんだって。これでも他にすること無くてバイトと勉強ばっかりやってたからさ。貯金は結構な額あるんだよ」

それこそ現時点で、あと半年くらいは二人分の食費と水道代光熱費を払っても全く問題ないくらいであった。

だが。

「……いえ、それでも……本当に大丈夫ですから、私なんかに……」

そう言ってうつむく初白。

喜んでもらえるかと思ったのだが、ここまで恐縮されるとは考えていなかった。

それにしても、「私なんか」と言うが、初白は見た目も可愛いし性格も穏やかで優しいし、こうして美味《おい》しい料理も毎日作ってくれる。

ちなみに今日のメニューはオムライスである。卵が甘く味付けしてあって非常に美味しい。無限に食えそうだ。たかだかぬいぐるみの一つや二つ、いくら買ってやっても損した気分にはならない素晴らしい女の子である。

「あー、まあ、そしたらアレだ。後で携帯とかで欲しいもの調べといてくれよ。そんなに高くないものならなんでもいいからさ……ってそういえば携帯持ってないんだっけ」

そう、初白はこのご時世に携帯を持っていないのである。聞くところによると、家に置いてきているのではなく、元々持っていないそうだ。

「つか、俺が学校とかバイト行ってる間暇じゃないか？」

自分で言うのもなんだが、結城の部屋は殺風景というか物がとにかく少ない。

あるのは参考書と机とテーブルだけであり、娯楽として時間を潰《つぶ》せるものは一切ないのである。

スマートフォンでゲームなりネットサーフィンなりすれば、退屈も紛らわせると思うのだが。

「参考書をお借りして勉強してますから、平気ですよ」

「そうは言ってもそれだけじゃ退屈しないか？」

「ふふふ、結城さんがそれを言いますか」

「それを言われるとなんも言えねえ。大谷のやつになんか『青春灰色男』なんて言われた事あるからな」

なにせ、自他ともに認める勉強とバイトしかしてこなかった退屈な人間である。

「ただ、まあ……今は灰色じゃないかな。帰ったらお前いるしさ。帰ったら誰かいるってのは、ほんと、いいもんだよ」

そう言って、ゆっくりと初白の手を取った。

初白もその手を細い指で優しく握り返す。

初めて手を握ったあの日以来、初白はこうして手を合わせることだけはできるようになっていた。

「……結城さん」

「ん？」

「……私も、お料理や掃除をしながら結城さんが帰ってくるのを待つ時間は、好きですよ」

「……そうか」

「……はい」

（くそお‼　いい子だなあ、なんか喜ぶことしてやりてぇ‼）

結城は心の中で叫んだ。

◇

「んー」

翌日。

結城は学校の帰りに、近所のショッピングモールの中にある携帯ショップに立ち寄っていた。

「うーむ。初白のを買ってやろうかと思って来てはみたものの、考えてみりゃ未成年が買うのには親の同意がいるんだったな」

というか、彼女がうちに来てもうすぐ一週間になるのに特に騒ぎにもならないというのはどういうことなのだろうか？　両親は行方不明者届とか出さないのか？　学校だってしばらく行かなかったら色々動くだろう。

「ってか、そもそも本体価格とか基本料金考えたら初白は絶対遠慮するだろうなこれ。ぬいぐるみ一つでさえメチャクチャ恐縮してたし」

凄《すご》くいい子なのは素晴らしいことだとは思うのだが、いかんせんいい子すぎるのではないかと思うのである。もう少しワガママを言ってくれてもいいのだが……。

「もう、いっそのこと黙って買っていっちゃうかな。うーんでも、それはそれで、申し訳無さが限界突破して家に居づらくなったりとかしそうなんだよな初白は」

日頃の感謝を形にしたくはあるのだが、相手が喜んでくれなければ意味がない。

そんなことを考えながら、何かいいものはないかとショッピングモールをウロウロしていると、ある広告を見て結城の足が止まった。

「……これならいいかもしれないな」

◇

「ただいま」

「お帰りなさい、結城さん」

家に帰るといつも通り初白が出迎えてくれた。

「今日は珍しくバイトが無いという話でしたけど、少し遅かったですね」

「ああ、ちょっと買ってきたものがあってな」

初白が首を傾げる。

結城は紙袋からショッピングモールのオモチャ売り場で買ってきたモノを取り出した。

「……ゲーム機、ですか？」

「おう。昔やってた作品のリメイクが出ててさ。懐かしくなっちゃったから買ってきてしまった。まあ、勉強の息抜きにでもと思ってな。それよりも、まずは飯だな。腹減ったわ」

「あ、そうですね。今日は焼き魚ですよ」

初白のレパートリーは和食中心である。なんというか、実家の祖母を思い出す丁寧な味付けがされていて、食べると安心する。

今日の晩飯も美味《うま》かった。

◇

「さてと」

結城が買ってきたのはハードであるＰＷ４と『聖槍伝説３』というソフトである。まだかなり小さかった頃に友だちの家でやっていたゲームで、かなり楽しくプレイしていた記憶がある。

結城はそう言いながら、モニターに端子を挿していく。

ちなみにこのモニターは前に大谷に要らなくなったからと押し付けられ、一切使わずにホコリを被っていたものだ。

「お、ついたついた」

オープニングムービーがモニターに映し出される。

初白はおそらくゲームを見ること自体があまりなかったのだろう、物凄く興味深そうに映像を見ていた。

「……綺麗《きれい》ですね」

「そうだな。俺が昔やってたやつはドット絵だったし、キャラに声も入ってなかったからなあ。最近の技術の進歩にはほんと驚くよ」

まあ、昔のドット絵はドット絵で味があって好きだが。

結城はコントローラーを手に取る。

「さてやるか。はい、初白」

「……え？」

俺の差し出した2Pのコントローラーを見て、目をパチパチとさせる初白。

「これ、二人プレイできるんだよ。せっかくだから一緒にやってくれないか？」

「……」

初白は恐る恐るといった感じで、コントローラーに手を伸ばす。まるで、自分がこんなものに触ってもいいのだろうかというように。

「頼むよ。初白……な？」

「……は、はい」

俺がなるべく柔らかい口調でもう一度お願いをすると、初白はコントローラーを手にとった。

初めての感触に、やや戸惑いながらも興味深そうにあちこちイジっているのが、無性に可愛らしかった。

「さて、ゲームスタートっと」

◇

結論から言うと、初白は本当にマジモンのゲーム初心者であった。

まず、AボタンとBボタンの基本的なお決まりを知らない。結城たちと同年代ならAボタンで決定、Ｂボタンでキャンセル、くらいは誰でも分かってるし自然と手が動くのが当然だろうが、初白は何度も間違えて「ごめんなさい、ごめんなさい」と頭を下げてきた。

そういうわけで、操作自体もとんでもなくトンチンカンである。

今も、戦闘中なのだが、初白の選んだ獣人のキャラクターが、誰もいないところで延々とコンボを素振りしていた。タミ◯ルでも飲んだかのような奇行である。

「す、すみません、結城さん。すぐに行きます!!　えーっと、えい!!」

そう言ってスティックを体ごと豪快に傾ける初白。

それによって初白の獣人キャラは、なぜか敵とは反対方向に走っていき、ステージ端の岩の前で前進する動きを続けることになった。どこに行くつもりなのだろうか。ホ◯ワーツかな？

「ふう。あぶねえ。なんとか倒せたな」

結城がなんとか一人で敵を倒しきる。ＨＰは赤色だった。

「この辺から敵も強くなってくるなあ。あ、回復できる女神像だ。親切設計だな。ちょうどいいから、今日はここまでにするか」

そう言って結城はセーブをして電源を落とした。

「……うう、すいません。足を引っ張ってばかりで」

先程から謝りっぱなしの初白である。

「まあ、最初はそんなもんさ。それでやってみてどうだった？」

そう聞かれて、初白は少し困ったように長い黒髪を右手でいじった。

最近分かったことだが、これは思っていることを言っていいのか迷っている時の癖である。結城は初白の決心が固まるまで、じっと待つことにした。

やがて、初白は小さく口を開いて申し訳なさそうに言う。

「あの……たくさんご迷惑をかけたのにこんなことを言うのは図々《ずうずう》しいと思うんですが……その……楽しかったです」

その言葉に、結城は。

よし!! と心の中でガッツポーズを取る。

「あの、結城さん。どうしたんですか？ 急にガッツポーズなんかして」

「え？ あ、いやいや、なんでもないなんでもない。まあ、でも、あれだな、すげえ下手っぴだったな」

「……うう」

「だから、あれだ。気が向いたら他のセーブデータ使って練習しときなよ。これ、一人でもシナリオ進められるやつだからさ」

「え、あ、はい。そうですね。また、ご迷惑かけるわけにもいきませんし」

「そうそう。さて、風呂《ふろ》入ってくるわ」

結城はそう言いながら、立ち上がって満足そうに伸びをする。

これで、少しは一人でいる間の暇つぶしもできるだろう。

（俺は俺で楽しかったしな。あー、そういや、ゲームやって楽しいとか、いつ以来だっけなあ……）

少々勉強の時間を削られてしまったが、こういう時間も悪くない。そんなことを思った結城だった。

◇

「へえ。彼女とゲームねえ」

初白とゲームをした翌日。

いつもどおりの学校の昼休み。大谷は購買のカツサンドを食べながらそう言ってきた。

「おう。初白も楽しんでくれたみたいでよかったわ。今頃練習してるかもしれないな……ん？　どうしたんだよ意外そうな顔して」

「いや、アンタがそういう心配りをしたことが意外でね」

「待て待て。それじゃあまるで俺が普段気の利かない人間みたいじゃないか」

「……え？」

「おい、その『ほんとに自覚なかったの？』みたいな、ドン引きした顔をやめろ」

「冗談よ。アンタは分かりにくいけど普段から他人に気をつかってる。心底分かりにくいけどね。湘南新宿《しょうなんしんじゅく》ラインの高崎《たかさき》行きと籠原《かごはら》行きの違いくらい分かりにくいわ」

「その例えが分かりにくいわ!!」

いやまあ。確かに一度東京に行った帰りには間違えて籠原行きの車両に乗ったけども。

「今回はそれが、分かりやすく出たってことでしょうね。彼女……初白さんだっけ？　その子のためにゲーム買ってきたんでしょ？　ワザワザ遠慮しないように『自分が懐かしくなったから、一緒にやってくれ』とか、『今度一緒にやる時までに練習しといてくれ』とか言ったりして」

大谷に完全に言い当てられて、少しバツが悪くなる結城。

「余計なお世話だったかな？」

「そんな事ないと思うわよ。それよりも、その初白って子、少しどころじゃないくらいワケありみたいじゃない？」

「ああ、やっぱりそう思うか？」

「今どきの子が携帯持ってないとか、ゲームをするのが初めてなんて普通ありえないわよ。それに、アンタの家に何日も泊まってるのに親も学校も何も言ってこないってのはどうもね……」

確かに大谷の言う通りである。廃ビルの屋上から飛び降りようとしたことや、服の下に見えるアザや傷跡のことは話していないが、それでも十分に異常である。

結城は思っていたことを話すことにする。

「あとさ、凄いいい子なんだけど、いい子すぎると思うんだよな」

「そうね。いったいアンタのとこ転がり込むまでどんな生活してたんだか……ねえ。その子の学校確か近くのお嬢様学校よね？　アタシあそこに知り合いいるけど、その辺調べてみようか？」

大谷はそう言ったが、俺は少し考えると首を横に振った。

「……初白は自分のことを話そうとはしないんだよ。俺はさ、今毎晩飯作って待っててくれる初白が好きなんだよ。だから過去のことは自然と気持ちの整理がついて、話す気になってくれるまではそっとしておいていいかなと思う」

「はあ、はいはい。幸せオーラごちそうさま。胸焼けしたわ」

大谷は呆《あき》れたと言わんばかりにため息を吐いた。

「まあ、アンタは他人に無理に干渉したくないタイプでしょうしね。それでも、世の中にはホントは言いたいけど言い出せない人間も沢山いるし、そういう子は誰かが余計なお節介焼いてくれるのを無意識に待ってたりするものよ。女の子は特にね」

「そういうもんなのか？」

「そういうもんなのよ」

そう言って大谷は少し遠い目をした。

◇

「言いたいけど言い出せない……か」

バイトの帰り道、大谷の言葉が胸の奥に引っ掛かっていた。

それはまあ、結城だって初白の過去は気になりはするのである。

少しモヤモヤとした気分のまま歩いていると、いつの間にか家の前についていた。

「まあでも、最近は本当に俺の部屋で落ち着いてくれてるみたいだしな」

最初は少しぎこちなかった笑顔も、今ではものすごく自然なものになっていた。

「ただいま」

特に、こうして帰ってきた結城を「おかえりなさい」と共に迎える笑顔などは、まるで天使のようで……。

「……あ、おかえりなさい……結城さん」

「……」

台所の方から出てきた初白を見て、結城は少し眉《まゆ》をひそめた。

顔色が少し悪い気がする。それに、心なしか少しフラついているようにも見えた。

「どうしました？　結城さん」

「初白……何かあったのか？」

結城のその言葉に、初白は少し目を泳がせた後言う。

「いえ、その……特に何も……」

「……そうか。何かあったら言ってくれよ」

「は、はい。あ、今日はカレーですよ」

「おう、そうか」

その後は、いつも通りだった。

初白の作ってくれたカレーは凄《すご》く美味しかったし、特別変わった様子もない。

その日はバイト先が忙しくいつもより帰りが遅かったので、ゲームはせずに結城は眠りについた。

◇

その日以降、少しずつだが初白は体調が悪化していった。

本人はなんともありません大丈夫です、と言うが明らかに顔色がよくない。

大谷の言葉が、何度も思い出される。

『世の中にはホントは言いたいけど言い出せない人間も沢山いるし、そういう子は誰かが余計なお節介焼いてくれるのを無意識に待ってたりするものよ。女の子は特にね』

ちょうどここ数日はバイト先が忙しく、帰るのがいつもより遅くなってしまっており、それが余計に結城の焦りを募らせる。

そして、ある日の晩。

夕食の食器を片付けるために立ち上がった初白は。

急にその場に倒れた。

「初白っ!!」

結城は慌てて駆け寄った。後悔が頭の中をグルグルする。

やっぱり、ここ数日の初白はどこかおかしかったのだ。こうなる前にもっと何かできることがあったんじゃないか?

(違うだろ。今はそれよりも救急車を……)

しかし。

「ん?」

倒れた初白を結城が起こそうとしたとき。

「……すー、……すー」

安らかな寝息が聞こえてきた。

「んん？」

「……すー、マ○の聖域……ウィル○ウィプス……ブース○ブー……」

「んんん？」

初白が呟《つぶや》いているのは、確か『聖槍伝説3』に出てくる用語だったような……。

結城は初白をベッドに寝かせると、初めにプレイして以来触れていなかった『聖槍伝説3』の電源を入れる。

そして、目を見開いた。

「なんじゃこりゃ」

結城と初白の二人でやったセーブデータ1の下にある、セーブデータ2がフルコンプされていたのである。

「プレイ時間、六十時間て……」

まだ、買ってきてから四日しか経ってないんだが。

「つまり、アレか。これ……ただの寝不足か？」

「……うーん、ニンジャマ○ター、手強《てごわ》いです……」

初白はうなされながらそんなことを言っていた。

◇

翌日の昼。今日は休日である。

十二時間ぐっすりと寝て、目を覚ました初白に結城は言う。

「あれか、一日中やってたんだな。夜中にもこっそり起きて」

「……はい。結城さん寝つきが凄くよくて、音を消してやっていたら起こすこともなさそうだったので」

初白は結城の正面に正座したままうつむいて言う。

確かに結城は普段勉強とバイトでがっつりと疲れて帰ってくるせいか、物凄く寝つきがいい。多少の物音では起きないタイプである。

「にしても、やりこんだなあ。これ、装備とかもほとんど揃ってるじゃないか」

あ、このキャラの装備、リメイク版だとこんなのあるんだな。

他の装備もこうしてＣＧで見ると印象違ったりして新鮮だなあ。

「……すみません」

初白の落ち込みようは酷《ひど》いものだった。

結城からすれば、別にそれほど悪いことをしたわけでもないと思うのだが……。

「……心配をかけてしまって。今朝の朝食をお作りすることも出来ませんでしたし、なにより……結城さんが勉強やアルバイトを頑張っている間に自分ばかり遊んでしまって」

そう。初白はそういう少女だ。

こんなことでさえ相手の事情を考えて強く反省をしてしまう、いい子過ぎる少女である。

声が震えている。まるで窓ガラスを割って親に叱られる子供のように。

今にも泣きだしそうな表情だ。恐怖か後悔か、おそらくこの後に来ると思っている相手の怒りに怯《おび》えているのだ。なんでこうなってしまっているのかは分からないが、初白には相手の怒りを過剰に恐れるところがある。

初白は絞り出すような声で言う。

「……もう二度とゲームはやりません。ですから」

だから。

「うん。よかった。お前がそんなに楽しんでくれて」

結城は明るい声で、そう言った。

「……え？」

何を言われたのか分からないというような表情でポカンとする初白。

「なんだよ。俺の顔に何かついてるか？」

「いえ、その、そうではなくて」

「六十時間もやったってことは、楽しかったんだろ？」

初白はしばらく固まっていたが、やがて小さな声で返事をする。

「……はい、すごく。あの……」

初白は恐る恐るといった様子で尋ねる。

「……怒らないんですか？」

結城は一つため息をつくと初白の傍に寄って、その震える手に自分の手を重ねた。

うつむいていた初白が顔を上げた。

二人の目線が重なる。結城は真っすぐに初白の目を見て言う。

「怒らない」

「……!!」

「こんなことで怒ったりするもんか。そもそもこのゲームは、お前に暇な時間楽しんでもらうために買ってきたみたいなところもあるからな」

「ええ、それは。なんとなくそうかなと思ってましたけど……」

「だから、楽しんでくれて嬉《うれ》しい。それだけだよ。あ、でも、飯だけは忘れずにちゃんと作ってくれると嬉しいかな。最近、初白の料理食べるのが生きがいみたいなところあるし」

「……、……うぅ」

「う?」

「うううううううううう う……」

「うお!? どうした」

急に子供のように泣き出した初白。なんだなんだ? 手を強く握りすぎたか?

と、慌てて手をどけようとする結城だったが、初白がその手を握ってきた。

「……結城さんは……なんで、そんなに優しくしてくれるんですか……」

涙を滲《にじ》ませながらそんなことを言ってくる初白。

優しいというか、結城としてはただ自分が初白にしてやりたかったことをしているだけだった。こんなに泣かれると思っていなかったので焦るばかりである。

ただまあ、なんでと言われたらそれは。

「彼氏だからな。初白の」

それを聞いて、また一段と勢いよく初白の涙腺《るいせん》から水分が流れ出していく。

結城は少し迷ったが、泣きじゃくる初白の頭を優しく撫《な》でた。

手触りのいい初白の髪の感触が心地いい。

しばらくそのまま静かな部屋の中に初白の泣く声が響いていた。

「……大丈夫、大丈夫だ。落ち着いたら一緒にやろうな、ゲーム」

そう言って、何度も何度も。結城は初白が泣きやむまで頭を撫で続けた。

◇

初白が落ち着いたので、夕方からのバイトの前に二人でゲームをすることにした。

買ってきた初日に二人でやった、セーブデータ1を読み込む。

さて、この四日間、寝る間も惜しんで励んだ初白の実力はと言うと。

「あ、結城さん。この敵は私がなんとかしちゃいますね（シュパパパパ）」

「お、おう」

う、上手《うめ》え。敵の反撃をほとんど受けずに、結城にはどうやっているかもよく分からない謎コンボで中ボスを圧倒していた。

「くっ、一発もらわなくても良い攻撃をもらってしまいましたか。小癪《こしゃく》な……」

これ、足引っ張らないようにサポートに徹したほうが良さそうだな。

と思うほど初白の操る獣人のキャラは強かった。結城が華麗なプレイングに見とれている間に中ボスが呆気《あっけ》なく爆発四散する。

「ふう……五分十三秒ですか。一撃不覚を取ったせいで、前に戦ったときよりも五秒もロスしてしまいました。一生の不覚です。お恥ずかしいところをお見せして申し訳ありません」

「いや、十分何やってるのか分からないくらい見事だったぞ」

というかこれ、本来はタイムを競うゲームではないはずなのだが。

「あ、このマップからは入ったほうじゃなくて、ここの通路の奥に行くといいんですよ。たぶん、仕様のミスだと思うんですが、少し後に行けるはずの街に出られて強い装備を買えますから」

なんか、裏技みたいなのまで発見していた。だてに四日で六十時間やってない。

「ふふふ、出ましたねレアエネミー。稼がせてもらいますよぉ」

(んー、でも、あれかな。ちょっと寂しいかもなあ)

楽しそうにゲームをする初白を微笑ましく見つつ、結城はそんなことを考えてしまう。

なんかこう、今までで一番キラキラした元気な笑顔をしている気がするのである。ゲームに嫉妬《しっと》するとは、我ながらみみっちい男だなと自嘲《じちょう》する。

「あ、結城さん。そろそろアルバイトの時間ですね。ここまでにしておきますか」

「ああ、そうだな」

初白にそう言われて、結城はセーブをするとゲームの電源を落とす。

美麗な映像と音が消え、静かになった部屋に、モニターの前で並んで座る結城と初白だけが残された。

まだ、バイトに行くまでに少し時間はある。もう少しこのまま何か話でもしたい、と結城は思った。

「すごく上手《うま》くなってたな初白。俺なんか付いてくことしかできなかったぞ」

　結城がそう言った時。

「あの……結城さん」

「どうした？」

「その……肩」

　肩？　と結城は自分の肩を見るが、特になにか付いているというわけでもない。

　初白はモジモジとしていたが、やがて恐る恐るといった感じで言う。

「寄りかかってもいいですか？」

「え？　あ、ああ。俺はいいけど」

　意外な申し出に少し驚く結城。

「でも、大丈夫なのか？」

　なにせ、人に触れられるのが怖くて最初は手を触る事もできなかった初白である。

「こ、怖くないと言えば嘘になりますけど……でも、そうしたい、ので……」

　少し震えながら初白はそう言った。

　そうか、初白は怯えながらも前に進もうとしているのか。

「そうか、じゃあ、ほら」

「は、はい。行きますね……」

そう言った後、少し躊躇《ちゅうちょ》して固まっていた初白だったが。

やがて、トン、と結城の肩に温かい感触が乗っかってきた。

「あったかい……結城さん……ありがとうございます」

同じシャンプーを使っているはずなのになぜか漂ってくる優しい匂いに、少し結城の心臓の鼓動が速くなる。

そのまましばらく、互いの体温と静寂を味わっていたが、やがて初白が言う。

「……ねえ、結城さん。最近、帰り遅かったですよね。お仕事忙しいですか？」

「ああ、最近ちょっとな。でも、もう忙しい時期は抜けたよ」

「そうですか……それは、よかったです」

初白は本当に安心した声でそう言うと、結城の手に自分の手を重ねてきた。

「……あの、外で勉強やお仕事を頑張っている結城さんにこんなこと思ってしまうのは、良くないことだって分かってるんですけど。本当は早く帰ってきてくれると、嬉しいんです」

初白は結城の肩に頭をあずけた。

「ゲームは楽しいですけど……その、やっぱり、結城さんとこうしてる時間のほうが私は、嬉しいですから……」

「初白……」

ああ。

ほんとに。

可愛いなあ。

自分で言って恥ずかしくなったのか、顔を赤らめている姿が愛《いと》おしい。

……今日バイト休みたくなってきたな。

あと六十時間くらいこのままでいたい。

◇

彼氏彼女として付き合っていくと、初白の色んな一面が見えてくる。

結城はそんなことを思う。

最初は暗く沈んだ少女という印象で、少し話してみれば上品で家庭的でものすごくいい子だと分かって、逆にいい子すぎて必要以上に怯えてしまったり、楽しそうにゲームに熱中したり。

「そんな彼女も、可愛すぎるんだが、どうしたらいいと思う？」

「アーハイハイ、シアワセソウデスネー」

翌日そんなことを大谷に話したら、カツサンドを頬張りながら棒読みで流された結城であった。

「そう言えば、初白《はつしろ》さん」

「はい？」

朝食を食べている時に、結城《ゆうき》は前から気になっていたことを話す。

「何か欲しいもの無いか？　今ほら、生活必需品とかは全部俺が予備で持ってたやつだし」

一応、生理用品や学校指定のジャージが助けた日に持っていたカバンに入っていたので、必要最低限のものは揃っているようだが。

「……んーと、どうでしょう。私は特に不自由はしていないですが」

「そうなのか？」

初白は女の子である。特に何も言ってこなかったので結城の方も何も言わなかったが、本来は何かと入り用なのではないだろうかと思ったのだ。

「はい。あ、結城さんご飯おかわりします？」

「ああ、お願いするわ」

結城の茶碗《ちゃわん》を受け取って台所に歩いていく初白。

その様子に特に無理をしているような様子はなかった。

「うーむ」

◇

「なあ大谷《おおたに》、どう思う？」

「異常だと思うわ」

放課後に大谷に相談すると、即答で断言してきた。

「アタシらと一つしか年の違わない女の子が、着るものは制服とジャージが一着ずつで、化粧も一切せず、趣味らしい趣味といえばアンタが買ったゲームだけ。それで全く不満が湧かないなんてどうかしてるわ。本気でどうかしてる」

「そこまでか」

「ええ。男だったら、オ◯ニーを一切しなくても欲求不満にならないくらいの異常よ」

それは大層な異常である。

「でも、本人は本当に不満がないみたいなんだよな。無理しているようには見えないし。俺はあんまりその辺察するの得意とは思ってないけど」

「……そうね。推測だけど、アンタのところに転がり込むまで同世代の女の子と上手くやれてなかった、というのはあるでしょうね。話聞く限り、その子は欲がなさすぎるわ」

大谷は自分のカバンの中から瑠璃《るり》色の丸くて平たいケースを取り出す。

「なんだそれ？」

「スキンケア用のクリームね。オールインワンっていって色々な肌のケアに必要なモノが一緒に入ってるやつよ。値段も手頃だし、使った感じも悪くないわ。他の子に薦めても使い続けてる子は多いわね」

「へえ。そういうの全く知らないから新鮮だな。あ、落ち着く匂いするな」

「そこも、これのいいところね。主張の強い匂いがするやつは好みが分かれて薦めにくい所あるから……っていうような会話を、同年代の女子同士でいれば日常的にするのよ。そしたら自然に自分も欲しくなってくるでしょう？」

なるほど、と頷《うなず》く結城。

まあ、ついこの間までの結城のように、どうしてもやらなくちゃいけないことがあって他のことに一切興味を持たなかったという可能性もないわけではないのだろうが。

結城自身も、自分のような人間が同世代でほとんどいないことは自覚している。

「逆にこういうとこで多少は興味を示さなければ、会話についていけなくなるわよ。彼女さんには、一人でもいいからそういう『俗っぽいこと』を教えてくれる同性の友だちがいるといいかもしれないわね」

「そうか。『俗っぽいこと』を教えてくれる同性の友だちなあ……」

　現状では中々望むべくもない相手である。

　初白はいい子だが、かなりデリケートだ。かなり人を怖がるし、他人が怒らないよう必要以上に配慮してしまう。また、結城の部屋で一緒に暮らしているという現状も、彼氏彼女同士だしやましいことは一切していないとはいえ、訝《いぶか》しむ人間は少なくないだろう。

　そういう部分をわかった上で、初白と付き合えるような信頼できる女子などそうそういないのではないだろうか？

「んー……ん？」

　結城は机を挟んで向かい合う大谷を見る。

　大谷はサッと目をそらすと、席を立った。

「さて。帰って、緋色《ひいろ》の◯片の続きでもやるかしら」

　結城は立ち去ろうとする大谷の上着の裾《すそ》を鷲掴《わしづか》みにした。

「何よ？」

「……大谷よ。お前を『俗っぽい』女と見込んで頼みがある」

「昼飯代半年分」

「いきなりふっかけすぎだろ‼　こういうのは長くて二週間とか」

「ご縁がなかったわね」

「あー、待て待て。二か月分、二か月分でどうだ？」

結城が焦ってそう言うと、大谷はニッコリと微笑んだ。

「聞き分けの良い男は素敵よ。結城」

◇

「というわけで、明日《あした》友だちを家に呼ぶことになった」

「はあ、そうですか」

学校とバイトを終えて帰ってきて晩御飯を食べ終え勉強を一通りこなした結城は、ベッドに寄りかかりながら初白と互いに体を預けて座っている。

寝る前に互いの体温を感じながら他愛もないことを話すのが、二人の習慣になっていた。

「……では、私はその時だけ出ていましょうか？」

「あーいや、無理はしなくていいよ。俺らの事情知ってるからさ。実はお前のことで色々相談もしてたし」

結城がそう言うと、初白はなぜか眉間《みけん》に少しシワを寄せた。

「……その大谷さんという方は、女性ですよね？」

「ああ、そうだぞ。俺の同級生。というか一つ後ろの席だ」

「どういう、女性なんですか？」

んー、と少し考えて結城は言う。

「しっかりしていて話しやすいやつだと思うぞ。基本は真面目だけど冗談も言える。面倒見もいいしな。いっつも漫画とか小説ばっかり読んでるようでいて、ちゃんと勉強もしてて成績はいいな」

「……ずいぶん、手放しで褒めますね」

「まあ、俺の唯一の女友達だしな。不満みたいなものがあるとするならそうだな……強いて言えば、今でもそこそこモテてるんだけど、もうちょっとダイエットとかすれば、ものすごい美人になると思うんだよね。本人の勝手ではあると思うけど、やっぱり外から見てるともったいなく感じるわ」

「へー、ふーん、そうですかそうですか」

初白はそう言って、急に結城の体から離れるとそっぽを向いてしまった。

体温がなくなって冷えていく右肩が寂しい。

「どうしたんだよ、初白」

「知りません」

そう言ってムスッとした顔になる初白。なんだなんだ？　と困惑する結城。

どうして急に不機嫌になったのだろうか。普通に大谷はいいやつだという話をしただけなのだが……。

（ま、まさか……これは）

結城の定期試験学年トップの頭脳は、ある結論にたどり着き。

（嫉妬《しっと》か!!!!!!!!!）

雷に打たれたような衝撃を受ける。

そうかそういうことか、まあ確かに目の前で彼氏が他の女子のこと良く言い過ぎたらあんまりいい気はしないよな。しかしそうか……嫉妬か。

ぬおおお。申し訳ないとは思いつつも、初白が自分を想ってくれている証拠なのは確かだから、嬉《うれ》しくなってしまう。さすがにそんなことは言えないけど。

「……なんでニヤついてるんですか結城さん」

「いや、初白が嫉妬してくれたのが、俺のこと想ってくれてるなって感じで嬉しくって……あ、言っちゃった」

普通に、モロに言ってしまった。

初白は顔を赤らめて、ムーッと頬を膨らませる。

「……結城さんのばか……えい」

「おっふ。ちょ、指で脇腹突《つつ》くのやめろ、くすぐったいから……おっふ」

その後しばらく、初白に脇腹を突かれ続ける結城であった。

◇

翌日。

教員たちの都合で半日授業だった学校を終えた結城と大谷は、結城の住む部屋の前に来ていた。

「そう言えば中にはいるのは初めてね、モニター持ってくる時に一度ここまでは来たけど」

「そう言えばそうだったな」

学校を終えて一度家に戻った大谷は、制服のままだったが学生カバンとは別のバッグを持って出てきた。何が入っているのだろうか？

「さて、不愉快なほど話に聞かされてた初白ちゃんとやらにご対面といきますか。アンタがあんまりカワイイカワイイうるさいもんだから気になってはいたのよね」

「ふっ、その言葉に偽りはないぜ……何せ初白は世界一カワイイ」

ガチャ。

「お邪魔しまーす」

「聞けよ!!」

結城の惚気《のろけ》が始まったことを察したのか、さっさと扉を開けて中に入る大谷。

そして、玄関に入るとリビングから初白が何時も通りの制服姿で出てきた。

「お、おかえりなさい結城さん」

「ああ、ただいま。えーと、紹介するわ。同じクラスの大谷翔《しょう》子《こ》な」

初白はやや緊張した面持ちである。結城から話は聞いていても、やはり結城以外の人と面と向かって話すのは怖いのだろう。

「は、はい。初めまして……初白、小鳥《ことり》……です……」

あーほら、段々声が萎《しぼ》んでいっちゃってるし。

さて、一方の大谷は。

「……」

信じられないものを見たとでも言わんばかりに、大きく目を見開いて固まっていた。

「おい、どうした？」

「……嘘よ……なんで……」

大谷はそう呟《つぶや》いて首を横に振った。

何だこの尋常じゃない反応は……いや、待てよ？

結城の脳内にある可能性が浮かび上がる。

（もしかして……大谷は、初白のことを知っている？）

そう言えば大谷は初白の通っている学校に知り合いがいると言っていた。もしかしたら、その繋《つな》がりで初白のことを知っているのではないだろうか。

だとすれば、一体どんな関係性ならここまでの反応になるのだろうか？

「……だって、そんな……ありえないわよ……」

ふらついて、玄関の扉に手をつく大谷。

幽霊でも見たかのような反応だ。

まさか、幼い頃に失踪《しっそう》した友だちと容姿が生き写しだったとかか？　前に大谷に読まされた漫画にそういう展開があったはずである。

何はともあれ、初白も心配そうにしている。ここはいったん、外に出て大谷から事情を聞かなければならないだろう。

「なんで……」

「なあ、大谷。いったん外に」

「なんで、この唐変木の彼女がこんな黒髪ロング超絶美少女なのよ？　世の中舐《な》めてんの？」

ズコーッと、結城がズッコケた。

「そっちかよ!!　紛らわしいわ!!」

大谷がアホを見る目で結城を見下ろす。

「……なにバカみたいなリアクションしてるのよアンタ？」

「お前にだけは言われたくねえ……」

しかし、改めて他の人間のこういうリアクションを見ると、初白は相当な美少女なんだなと思い知る結城だった。

大谷は初白の方を向くと、いつも通りの芯《しん》の通った声で挨拶《あいさつ》する。

「初めまして、初白さん。大谷翔子よ。この三流リアクション芸人の同級生やってるわ」

酷《ひど》い言われようである。

「は、はい。よろしくお願いします、大谷さん」

「んー」

「あの、どうしたんでしょうか、私の目をじっと見て……何か気になることでもありますか？」

「んー、目にハートマークとか入ってないわよね。瞳《ひとみ》から色が消えてたり」

「……は、はあ」

何が何だか分からないという様子の初白。

「結城、アンタのスマホの中見せなさい、催◯アプリとか入ってないかチェックするわ」

「ねえよっ!!」

「冗談よ、冗談。三割くらい」

思った以上に本気の含有量が多かった。

「まあ、それはさておき。初白さん」

「は、はい」

「アンタには言わなくても分かると思うけど、コイツは分かりにくいけどいいやつなのよ。分かりにくいけど。具体的には湘南新宿ラインの」

「それはもう聞いたぞ」

どんだけ分かりにくかったんだよ、湘南新宿ライン。

「でまあ、そんなコイツの良さを分かってやれたアンタは、人を見る目がある子だってアタシは思う。人を見る目がある子はアタシは好きよ。だから、もしアンタのお眼鏡にアタシが適《かな》うなら……仲良くさせてもらってもいいかしら？」

大谷はそう言って右手を差し出した。

「えっと、その……」

初白は少し戸惑って、結城の方を見た。結城は黙って頷《うなず》く。

初白はそれを見て、恐る恐るではあるが自分の手で大谷の右手を取って握手をした。

「……よろしく、お願いします」

「うん。よろしくね」

どうやら、ファーストコンタクトは上手《うま》くいったようである。

よかったよかった。と喜ぶ半面、自分は手を握るまでちょっと時間がかかったんだけどなど、少し悔しい思いをする結城だった。

「……あの、どうしたんですか、結城さん？」

表情に出ていたのだろうか、初白に心配されてしまう。

「……いや、なんでもないよ。ちょっとあれだ、女同士のほうがやっぱり馴染《なじ》みやすいんだなって思っただけだよ」

初白は結城がそう言ったのを聞いて、きょとんとした顔をする。

「……結城さん。もしかして、嫉妬してくれたんですか？」

「え？　いや、別にそういうわけじゃ……」

「ふふ、そうですか……ふふ」

嬉しそうに微笑む初白。

むう。これは確かに無性に悔しい。

「ちょっと、なにこれ……アタシこの角砂糖みたいなノリ、この後しばらく見続けるわけ？」

大谷は少々うんざりしたようにそう言った。

◇

自己紹介も終わり、結城達《たち》はひとまずリビングに上がった。

「物少ないわねー」

大谷の第一声はそれであった。

初白には特に言われなかったが、やはり自分の部屋の物の少なさは珍しいんだなと結城は改めて思った。

「大谷さん、お茶です。どうぞ」

「あら、気が利くわね。ほんと出来た彼女だわ」

「だろ!!　初白はほんとにいい彼女なんだよ。マメだし、気が利くし、料理上手いし」

「……ッ!!」

「……彼女を人に自慢するのは結構だけど、褒められてる彼女さんは顔真っ赤になってるわよ？」

大谷の言う通り、初白の顔を見ると色白の頬が真っ赤に染まっているのをお茶を持ってきたお盆で隠していた。

まあ、確かに目の前で自分のことをベタ褒めされると気恥ずかしくなるよな。

「ごめんごめん、初白。つい、自慢したくなっちゃって」

「……もう、結城さんってば……」

初白がそんなことを言いつつも少し嬉しそうなのは、彼氏の欲目だろうか。

つい結城も表情が緩んでしまう。

「……」

見れば大谷がコップ一杯のガムシロップを飲み干したかのような顔をしていた。

「どうしたんだ？」

「無自覚か……何でもないわ。なんかアンタらといると生活習慣病にかかりそうだと思っただけよ」

「？」

結城と初白は言っていることの意味が分からず首をかしげる。

「まあ、いいわ」

大谷がそう言いながらごそごそとバッグから取り出したのは、チョコ、スナック菓子、ラムネ、グミ……要するにお菓子だった。

結城はそれを見て言う。

「お？　お土産か？」

「まあ、友達の家に行くときはお菓子持ってくことが多いわね」

「お前、だから痩《や》せな」

ガス。

「あべしっ!!」

テーブルの下で、大谷の前蹴《まえげ》りが結城の脛《すね》に炸裂《さくれつ》した。

「……」

「あれ？　どうしたの初白さん。お菓子じっと見つめて」

「あ、その……」

初白の様子を見て結城はあることに気づく。

「もしかして、食ったことないのか？」

「……ええ、小さいころには確か食べていた記憶があるんですけど」

携帯を持っていなかったことに引き続き、これはまたなかなかに驚いた。

大谷も目をパチパチとしていたが。

「そう」

と一言呟いて、コンソメ味のポテチの包装を背の部分から破ってテーブルの上に置いた。

皆で手に取ることができるようなパーティースタイルの開け方である。

「さあどうぞ、初白さん」

大谷にそう言われると、初白はまるで毒見でもするかのように恐る恐るといった様子で一枚手に取った。

「い、いただきます」

初白の口がぱくりとポテチの端をかじる。

大谷はその様子をジッと見ていた。

「……あ、美味《おい》しい」

少し驚いたような顔で一言、そんな素直な感想を口にした。

それを見た大谷がうんうんと頷く。

「ほら、もう一枚どうぞ」

「え……いいんでしょうか？」

「いいのよ」

そう言いながら大谷も一枚ポテチをつまんで、口の中に放り込む。

「こういうのは、下手に遠慮しないのがマナーってもんよ」

「……じゃ、じゃあ」

初白は、また丁寧にいただきますを言って、一枚手に取って食べる。

そうすると、今度は頬が緩んだ。美味しいものを食べて幸せを感じているというのが、よく伝わってくる素直な反応だ。

その後も、次々に手に取って食べていく大谷につられるように、初白もポテチを手に取って口に運んでいく。

モグモグと小さな口を動かして、たかだか百円くらいのお菓子で幸せそうな顔をする初白を見て大谷は微笑む。

「なるほどねえ」

大谷はそう言うとテーブルの上に乗りだして初白の頭を撫《な》でた。

少し驚く初白。

「あ、あの、大谷さん」

「いやー、あれだわ。結城。アンタが初白さんのことかわいいかわいい言う理由が分かった気がするわ」

「……そ、そんな、恐縮です。大谷さんこそ、かっこよくて美人で……」

「それアンタみたいな素材のままでかわいい子が言うと嫌みになっちゃうわよー……でもかわいいからアタシは許す!!」

そう言ってさらによしよしと撫でまわす。初白の方も大谷に撫でられるのは困惑がありつつも怖いということはあまり無いようである。

その時、玄関のチャイムが鳴った。

「ああ、俺が出るよ」

二人には仲良くやっていてもらおう。

◇

「新聞の勧誘って大変そうだなあ」

玄関の外で十分以上は立ち話してしまった。

結構スタイルのいい大学生っぽい女だった。要らないと断ったのだが、洗剤やら遊園地の招待券やらの特典で粘ってきた。押しに弱い人なら契約してしまう人もいるのだろう。

結城は玄関を開けて再び部屋の中に戻る。

（しかし、大谷を連れてきてよかったなあ）

さっきの様子を見る限り、同性の友達というよりは姉と妹に見えなくもないが仲良くやれそうである。

初白も嬉《うれ》しそうだった。これで自然と大谷から普通の女の子を知ることができるだろう。

そんなことを思いながら結城はリビングに戻った。

「すまんすまん、勧誘がしつこくて」

「どう初白さん。この、秀介《しゅうすけ》とアキラって二人のカップリングが熱いと思うんだけど」

「おいこら」

大谷が初白に美形の男二人が体を密着させて顔を寄せ合ってる表紙の漫画を読ませてい

た。

「なによ、ちゃんと濡《ぬ》れ場の無い全年齢対象よ」

「いや、そういう問題じゃなくてだな。俗っぽいことを知ってほしいとは思ったが、菌を付着させてくれとは言ってないぞ」

「なーに言ってんの。これこそ淑女の嗜《たしな》みよ。ＢＬが嫌いな女などいないわ」

「偏見が過ぎるだろ」

「で、どう？　初白さん？」

「えーと、ちょっとよく分からないかもしれません」

初白は律儀に渡された漫画を読みながらそんなことを言った。

ほれみろ、と結城が目で大谷に言う。大谷はなんだ残念と肩を落とした。

「でも……」

初白は自分でも少し戸惑っているような様子で言う。

「なぜでしょう……男の人同士が顔を寄せ合っているのを見ると……こう、胸の奥から沸き上がるものが」

沸き上がってしまったようである。

大谷は、まるで新たな生命の誕生を目にしたかのような輝いた目をして言う。

「……素晴らしいわ、初白さん。アナタはきっと立派な淑女になるわ。ああ、あとこのスマホゲームのＦＢＯってやつが今流行《はや》ってて」

「おい待て、それは結構金かかるって聞くぞ」

「大したことないわよ、せいぜい月に一、二回諭吉《ゆきち》が聖杯に捧《ささ》げられるだけで」

「十分ヤバい暗黒ＡＴＭじゃねえか!!」

大谷を連れてきたのは間違いだったかもしれないと思ってしまう結城であった。

ちなみに初白は携帯を持っていなかったのでＦＢＯはできなかった。

◇

しばらくお菓子を食べながら三人で談笑していたが、大谷が時計を見て立ち上がった。

「もうこんな時間ね。行きましょうか？」

「行くってどこへ？」

結城の問いに大谷が答える。

「どこって、近くのショッピングモールよ。初白さんの服を買いにね」

ああ、なるほどそういうことか。と納得する結城。

しかし、初白は驚いた顔をして言う。

「わ……私の服ですか？」

「そうよ。さすがにずっと今みたいに制服とジャージが一着ずつってわけにはいかないでしょう？」

「そこまで、困ることはありませんけど。ああ、でも。もう一組あると洗濯が楽になるかもしれませんが」

「……いや、そういうことじゃなくてね。結城から話には聞いていたけど、ホントに欲が無いのね」

ため息をつく大谷。

まあ、あまり物欲の無いほうであると自覚している結城ですら驚いたほどである。

この調子だと、また結城の出費を心配して恐縮するだろう。

「……それに、住まわせてもらってる以上は、あまり贅沢《ぜいたく》を言うわけには……」

ホントに予想通り言ってきた。初白のこんな風に相手の事情を気づかえるところは愛《いと》しいが、もう少しワガママを言ってくれていいのだがと結城は常々思っている。

「あー、そうなんだー、残念だったわねー、結城」

大谷が棒読みでそんなことを言い出した。

「いやー結城がこの前授業中に、オシャレした彼女が見たいって言ってたのよねー」

急にどうしたんだと思った結城だったが、大谷が目でこちらに訴えかけていた。

ハナシアワセロ。

と。授業中に口走ったという設定は勘弁してほしかったが、初白のためなら仕方ない。

初白も確認するようにこちらの方を見てくる。

「ああ、そうだな。いつもと違う初白が見たいぞ」

結城が真剣な表情でそう言うと、初白は顔を赤らめる。

「……えっと、はい。じゃあ、新しい服を買っていただけると嬉しいです」

「よし。じゃあ、行きましょう」

大谷は満足げな顔でそう言うと、玄関の方へスタスタと歩いていく。

「さて、俺達《たち》も行くか」

「はい」

だが、その前に一つ聞いておかなくてはならないことがあった。

「なあ、初白……大丈夫なのか？」

「……はい。大丈夫です」

「ほらー、早く行くわよー」

玄関で大谷が呼んでいる。結城と初白も玄関の方に歩いていく。

結城はここに住みだして以来何百回も繰り返した慣れた動きで自分の靴を履くと、玄関の扉を開けた。

一方、初白は玄関の前でここに来た日に履いていた学校指定のローファーをじっと見つめる。その様子を見て先に外に出ていた大谷が言う。

「どうしたの初白さん？」

「いえ、何でもないです。すいません……今行きます」

「……なあ、初白」

「……大丈夫です……大丈夫」

初白は自分に言い聞かせるような口調でそう言うと、靴を履いて立ち上がった。

そして、玄関から外に出ようとして。

クラッ、とその体が傾いた。

「初白さん!?」

突然のことに驚く大谷。

「おっと」

予《あらかじ》め隣で待っていた結城が両手で初白の体を支えた。

「……やっぱり、まだ難しいか」

「……結城さん。ありがとうございます」

「結城、やっぱりっていうのは？」

大谷の問いに初白が少し震える声で答える。

「……ご心配かけてすいません、お恥ずかしいことに外に出ようとすると少し……」

「とりあえず、一度座ろう、初白」

そう。初白は結城の部屋に来てから今日まで部屋の外に出ることができていなかった。ここに来る前にあった何かがそうさせるのか、玄関で靴を履いて立ち上がると、体の力が抜けてしまうのである。

何度試してもそれは変わらなかった。初白がここに来てから今まで、外に出たのは洗濯物を干すためにベランダに出るときだけである。

そのため、ご飯の材料は初白に食材のメモを用意してもらって結城が近所のスーパーで買っていた。

結城としてはさすがにこのままというわけにはいかないと思っていたが、無理をしてほしくはなかったので特に言及したりせず、ゆっくりと休んでもらうつもりだった。

二週間近く経つので今回は外に出られるかと思ったのだが、まだ早かったのかもしれない。結城はそのことを大谷に簡単に説明した。

それを聞いて、大谷は目を見開いた後になんとも言えない申し訳無さそうな表情を作る。

「……ごめんね。初白さん」

「……いえ、大谷さんが気に病むことでは」

結城は改めて実感する。最近よく笑うようになったせいで忘れかけていたが、初白はおそらく相当に辛《つら》い過去を背負った女の子なのだ。外に出るという普通の人間ならなんてこともないことすらままならないほどの大きな傷がある。

　もちろん、だからといって自分の大好きなかわいい彼女であることは変わらないが。

「とりあえず、今日はもう少し部屋でゆっくり話でもしよう。最大二人プレイだけどゲームもあるしな」

　結城がそう言うと大谷も同意する。

「そうね、買い物はまた今度行けばいいわ」

　初白は少しの間、黙ったまま俯《うつむ》いていた。

　おそらく、彼女のことだから申し訳無さでいっぱいになってしまっているのだろう。

　が。

　顔を上げた初白が言ったのは予想外の言葉だった。

「……いえ、行きます」

　初白の口から絞り出すように出た言葉に驚く結城。

　心配になったが、その表情は真剣だった。

「初白……」

「……結城さんに、いつまでも甘えているわけにもいきませんから」

　それに。と前置きして初白が小さく微笑む。

「……結城さんが喜んでくれるなら、オシャレした私を見てもらいたいですから」

その笑みは、苦しい中で見せた空元気のようなものだったが、ただその瞳《ひとみ》には怯《おび》えと決意が混在していた。

初白は深呼吸を五回ほど繰り返すと少しふらつきながらも立ち上がった。

「結城さん……手、握っていてもらえますか？」

「ああ。何があっても離さない」

「……ありがとうございます。甘えてばかりはいられないって言ったばかりなのに、いけませんね」

「俺は嬉《うれ》しいよ、初白に甘えられるのは。もっとワガママ言ってくれていいんだぞ」

結城がそう言うと、初白は結城の肩に一度自分の額を当てた。

「……大好きです。結城さん」

その言葉を聞いて結城はハッとする。

ああ、そう言えば。初めて言われたな。彼女から、初白から。自分の事が好きだと。

結城の体がカアッと急激に熱くなる。

嬉しすぎて言葉が出てこない。

初白は結城の肩から離れると、もう一度深呼吸をした。

そして。

一歩踏み出す。ふらつく足取りで。

二人の手は繋《つな》いだままだ。もう一歩踏み出す。

自然とお互いに指を絡めていた。普段の手のひらを重ね合わせるだけのものではなく、いわゆる恋人繋ぎというやつである。より近くにお互いの存在を感じる。

そして、あと一歩。

玄関と外を区切るラインが目の前にある。

初白がギュッと手に力を入れる。伝わってくるのは不安か恐怖か。

だから、結城も強く握り返した。大丈夫だ。俺が一緒にいると。

初白はもう一度深呼吸をして。

最後の一歩を踏み出した。

「……ふう」

だいたい二週間ぶりか。久しぶりに外の世界に出た初白は小さく息を吐き出した。

そして、固く手を繋いでいる結城のことを見る。

「……ありがとうございます」

「ああ、よく頑張っ」

「初白さんっ!!」

結城の言葉を遮って、大谷は初白に歩み寄るとその頭を撫《な》で回す。

「よくやったわ。偉いわよ!!」

「ちょ、ちょっと、大谷さん」

少し乱暴に撫でられて困惑する初白だったが、その顔には晴れやかな笑みが浮かんでいた。

そういえばお二人は、どんな風に話すようになったんですか？
別になにも特別なことはないわよ
一年の頃にたまたまアタシが落とした本を、コイツが拾ってから話すようになっただけね
俺は衝撃的だったけどな
ボソ…
なんでよ？
愛の檻に囚われて…
落とした本がハードSMのBL本だったからだよ!!
？

第四話　初めてのお出かけ

さて、結城《ゆうき》たち三人は少し離れたショッピングモールにやってきた。平日だが多くの人が詰めかけており、結城としては初白《はつしろ》が人酔いしてしまわないか心配であるが一応は大丈夫なようだった。

ショッピングモールには飲食店を中心に、映画館、書店、ドラッグストア、楽器屋、スポーツ用品店など様々な店が並んでいる。ファッションに関しても、二十種類のブランドやセレクトショップがあった。

「初白さんはどんな感じの服が好きなの？」

大谷《おおたに》はそのうちの一つの女性向けブランドの店内で初白に言う。

「ええっと……」

大谷の言葉に初白はキョロキョロと周囲を見回す。今までこういうところに来ることが無かったのだろう。なかなか「これがいい」と選べない。

そして、こういう場に慣れていないのは結城も同じであった。

（なんか、不思議な空間だなあ）

沢山の衣服に囲まれた店内にいることが落ち着かない。

正直なところを言うと結城はファッションに関しては皆無と言っていいほど興味がない。

それどころか、そこに時間をかける意味もイマイチ分からなかった。何せ中学の頃から制服と学校指定ジャージだけで過ごしてきた猛者《もさ》である。結城にとっての服を評価する基準は「安さ」「動きやすさ」「手入れの楽さ」のみだ。

が、しかし。

カワイイ彼女である初白の着飾った姿を見たくないかと言われれば。

（当然見たいに決まってるわッッ!!）

というわけで、実は結構乗り気である。

「初白さん。こういうのはフィーリングでいいのよ」

戸惑う初白に大谷がそう言った。

「そ、そうですか。じゃあ……」

初白は少し恥ずかしそうにマネキンの一つを指さす。

「よし、じゃあそれ一式買ってくるわ!!」

そう言って結城がさっそくレジに行こうとすると。

「まあ、待ちなさい」

「ぐえ」

大谷に後ろ襟を掴《つか》まれて止められた。

「なんだよ大谷。素人目だけど、これかなり初白に似合うと思うぞ？」

初白が選んだのは黒を基調とした、落ち着いたデザインの服だった。それ自体は色白で長い黒髪の清楚《せいそ》な雰囲気のある初白にピッタリだと思うのだが。

「まあ、悪くないんだけどねー」

「何か問題あるのか？」

結城は首をかしげる。

「アタシも似合うと思うけど、これだと今着てる制服とあんまり変わんないと思うのよね」

「あー。まあ言われてみればそうだな」

初白が普段着ているお嬢様学校の制服も落ち着いたデザインのものだった。

「しかし、それでも別にいいんじゃないのか？」

「せっかく買うんだから、少しいつもと違う雰囲気を出したいじゃない？　アンタには分かりにくいでしょうけど、そういう楽しみもあるのよ」

な、なるほど。奥が深い。と感心する結城。

「結城、アンタが選んであげれば？　初白さんもアンタに見てもらいたくてオシャレするわけだしさ」

「ん？　俺がか？」

「初白さんも結城が選んだモノなら文句はないでしょう？」

大谷にそう言われてコクリと頷《うなず》く初白。

「そ、そうか。よーし」

というわけで、店内を見回してみるのだが。

（ヤバいな、さっぱり分からん）

やる気は満点で初白に似合う服を選んでやるぞ!!　と熱意を滾《たぎ》らせているのだが、いかんせん致命的なレベルで知識や感性が欠けているため、並んでいるモノを見ても結城にはイメージが湧かなかった。

結城は大谷に尋ねる。

「……なあ、こういうのどういう基準で選べばいいんだ？」

「さっきも言ったじゃない。フィーリングよフィーリング」

「そうは言われてもなあ……」

「アンタ男なんだから、初白さんに着せたら股《また》の間に付いてるもう一人のアンタが反応するやつでいいんじゃない？」

「おいこら、現役ＪＫ何言ってやがる」

「効率的かつ効果的な選び方だと思うわよ？　『お前に付いてるお前を信じろ』」

最低の天元突破である。

「まあ、その基準で選んだって言ったら、普通はぶっ飛ばされると思うけどね」

「だろうな」

ちなみに、股間《こかん》の話は置いておいて、単純なフィーリングだけで選ぶなら、普段見慣れているものと近いということもあり結城も初白が選んだやつと同じものを選ぶ。割とこの辺りに関しては似た者同士なのかもしれない。

「らちが明かないわねえ……ねえ、初白さん。せっかくだしアタシが選んでもいい？」

「え？　あ、はい。ご迷惑でなければ……」

「迷惑どころか、初白さんみたいなカワイイ娘《こ》の服選ぶのは結構楽しみよ」

「じゃ、じゃあ、お願いします……」

「よーし、腕がなるわねえ」

◇

「ふう」

結城はショッピングモールの一角にあるベンチに座って持参した数学の参考書を読んでいた。大谷に「驚かしてやるから決まるまでその辺ブラブラしてなさい」と言われたからである。

「それにしても女子の買い物は長いっていうのは本当だったんだな。積分のとこ読み終わっちゃったぞ」

結城がそんなことを考えていると。

「待たせたわね結城」

結城が参考書から顔をあげると、大谷が目の前で仁王立ちしていた。その表情はやたらと満足げである。

「なかなかの力作に仕上がったわ。やっぱり素材がいいと選びがいがあるわね」

「おお、そうか。それは楽しみだな……てか、その初白はどこに行ったんだ？」

と、思ったら大谷の後ろに隠れていた。

「……あの、大谷さん。やっぱり恥ずかしいです」

「なに言ってるのよ。結城に見せるために服買いに来たんでしょう。コイツだって早く見たくてウズウズしてるわよ」

「……そうなんですか？」

大谷の背後から顔を少しだけ出した初白がそんなことを言ってくる。

「ま、まあな。でも、あんまり恥ずかしいなら無理にとは言わないぞ。家に帰って落ち着いてからでも……」

「と言いつつメチャクチャ姿勢が前のめりになってるじゃない……」

誰が見ても興味津々の結城に、大谷が呆《あき》れたようにそう言った。

「……えーと、はい。では……」

初白はおずおずと大谷の陰から出てくる。

その姿を見た瞬間。

「……………………………………………………」

結城は口を開けたまま固まってしまった。

「……あの、どうで、しょうか。変じゃないで」

「すげーかわいい!!」

結城は思わずそう叫んでいた。

「……そ、そうですか」

「ああ、凄《すご》いな。そうか、こんなに違ったかわいさになるのか」

結城の様子にニヤニヤと笑った大谷がコーディネートを満足げに解説する。

「普段の黒い制服は落ち着いた雰囲気があるから、少し活動的な印象にしたかったのよ。だから明るめなベージュのロングカーディガンに、頭にはワンポイントでキャスケットをコーディネートしてみたの」

「なるほど。かわいいな」

「初白さんのことだからスカートも似合うと思っていたのだけれど、ここは思い切ってホワイトグレーのパンツスタイルで引き締まった印象も加えてみたわ」

「なるほど。凄くかわいいな」

「だけどそうね、初白さんの本来の持ち味はなんといっても淑《しと》やかさだから、足元は清楚にミュールで飾って、シャツは丸襟のものにしてみ」

「なるほど。最高にかわいいな」

「……聞いちゃいないわね」

大谷が呆れたようにため息をつく。

正直なところ服飾の知識が皆無である結城にとって、大谷の言っていることは異世界の呪文《じゅもん》並みにサッパリである。

だが、目の前の初白の新鮮なかわいさだけは、これでもかと伝わってきた。元々ほっといてもかなりの美少女である分、これは反則級である。気づけば道行く人達が男女問わずチラチラと初白の方を見ていた。

「……生きていてよかったぜ」

「あー、はいはい。選んだ側としても、それだけ『かわいいかわいい』言ってくれるなら悪い気はしないわ。けど、そろそろ止めとかないと彼女さん倒れるわよ」

見ると、初白の顔は茹《ゆ》で上がったみたいに真っ赤になっていた。

「ああ、すまん。あんまり大きな声で『かわいいかわいい』連呼されると、恥ずかしいよな」

「……いえ、その、ありがとうございます」

顔を赤らめながら初白が結城を見上げてくる。薄く化粧もしてあるらしく、唇が少しキラキラとしている。あー、ヤバいなこれ。抱きしめたくなってきた。

などと、自分の衝動と闘っていた結城だったが、その肩を大谷が摑んだ。

「さあ、次はアンタよ」

「え？　なんで？」

「アタシの腕によって美少女っぷりに磨きのかかった初白さんの隣にその野暮《やぼ》ったい制服で並ぶのは罪だわ。だから、強制連行よ。ほら、さっさとメンズのコーナーに行くわよ」

「マジかー」

◇

初白には同じ階にある喫茶店で待っていてもらって、結城は大谷と二人でメンズ向けの店に入った。

「とりあえずアンタは……これと、これと、この辺ね」

「お前、俺の時はずいぶんスムーズに選ぶな」

「まあ、初白さんと比べちゃうと素材として……ねぇ」

「おいこら」

失礼千万なことを言う大谷だが、まあ結城自身も初白と比べられては仕方ないと先ほどの彼女の姿を思い出しながら思うのだった。

「冗談よ、冗談。実際アンタは背は高いほうだし、しっかりとした体つきしてるもの。割と脱ぐとヤバいタイプよね」

「まあ、中学時代は運動部だったしバイトは肉体労働が中心だからな」

勉強では頭を使うので、バイトの時くらいは頭を休めようとしたのである。

実際、体を動かすとぐっすり眠れるのでありがたかった。

「顔はまあ……もうちょっと全体的にいい感じだったらモテるんじゃない？」

「それ、ほぼ俺の顔面全否定じゃないか？」

「そうでもないわよ。アンタみたいな感じが好きな人はいると思うわよ……たぶん」

「たぶんかよ……まあ、いいさ。俺には初白がいるしな!!」

「はいはい、お熱いことで。ほらさっさと試着してみなさい」

そう言って大谷が衣服一式を押し付けてくる。

結城はそれを受け取ると試着室の中に入った。普段見慣れない頭のてっぺんからつま先まで見える鏡が結城を出迎えた。

(このデカい鏡見るの、高校の制服を買ったとき以来だなあ……)

などと思いつつ、結城は大谷の選んだ服を着ていく。

「うーん、やっぱりこのジーパンってのは窮屈だな」

「今はデニムって言うのよ」

「まあ、オシャレは我慢って言うしな。これで初白が喜んでくれるならなんのそのだ」

「タイトデニム穿《は》くごときでそんなことぬかしてると、世の女性たちに引っぱたかれるわよ……」

大谷の呆れたような声が試着室のカーテンの向こうから聞こえてくる。

そこでいったん会話が途切れたが、やがて、大谷が少し声のトーンを落として言う。

「……初白さんのことだけど」

どうやら真面目な話のようだった。結城は着替えながらも真剣に耳を傾ける。

「アタシ、調べてみることにするわ」

調べてみる、というのは初白の過去のことだろう。前に初白の通っているお嬢様学校に知り合いがいると言っていた。

「おい、それは」

「今日一日話してみて、初白さんが相当なモノを抱えているのは嫌というほど分かったわ。

いったいどういう経緯でアンタのところに転がり込んでるのか知らないけど……傷心で雨にうたれてるあの子に声でもかけたのかしら？」

「……まあ、そんなところだな」

傷心で雨にうたれてたのは確かだが、それに加えて廃ビルから飛び降りようとしていたとはさすがに想像できなかったようである。

「その辺を聞き出そうとは思わないし、アンタが初白さんから話してくれるまでそっとしておいてやりたいと思ってるのは分かってるわよ。だからこれはアタシの勝手よ。アタシはアタシが気になったから勝手に初白さんについて調べる。調べたことはアンタが知らないでおきたいなら教える気はないわ。まあ、要するに……」

と、大谷は区切って明るい声を出して言う。

「あの子が気に入ったからお節介焼きたくなったのよ」

なんとも大谷らしい言い方だった。結城は思わず口元が緩んでしまう。

「お前、いい女だな」

「当たりまえじゃない。知らなかったの？　アタシは世界有数のいい女よ」

「自分で言いやがった」

「……それで、着替えは終わった？」

「ああ」

話している間に着替え終わった結城は、試着室のカーテンを開けた。

「どうだ、大谷？」

正直、自分では善し悪しが分からない結城が大谷に聞く。一応そこまで悪くないのではないかという自己評価ではあったが。

「……うん。王道の落ち着いた黒がベースのモード&カジュアル。思ったよりだいぶいい感じでビックリね」

大谷はそう言うと、自分の荷物を手に取った。

「ん？　どこに行くんだ」

「帰るわ。そろそろ門限だから」

大谷の家に門限があったとは初耳である。まあ、高校生の娘に門限を設けるのは当然なのかもしれないが……。

「お前、ちょっと前にファミレスで深夜まで漫画描いてなかったか？」

結城も試験前の追い込みのために同じファミレスで勉強していたのである。

「さあ、どうだったかしらね。それよりも、その服着たとこ初白さんに見せてあげるのよ。それからまだ時間もあるし、適当に二人でその辺ぶらついてから帰ってもいいかもしれないわね」

そう言い残すと、大谷は手を振って店から出て行った。

「……もしかして、俺と初白に気を遣ったのか？」

だとしたら大したものだ。さすが世界有数のいい女。

「ありがとよ……まあ、そしたらお言葉に甘えて初白と二人きりでその辺歩いて回るか」

目的を決めずに歩き回るというのは普段絶対にしないことだが、初白と一緒ならそれはそれで楽しそうである。

「……ってそれって、デートじゃないか？」

というわけで、結城は思いがけず彼女との初デートをすることになるのだった。

◇

「……デートか」

そう、デートである。世の彼氏彼女がすなるというアレである。

しかし、問題があった。

（デートってなにしたらいいんだ？）

結城にはその辺からあまりイメージができなかった。基本は二人でこのショッピングモールを歩いて回ればいいというのは分かる。だが、それだけでいいのだろうか？　世のデートというものは、もうちょっと色々他にやることがあるイメージなのだが。

（まあ、知らないことを考えてもしょうがない。とりあえず、一つやることを決めよう。そうだな……）

結城が自分の心に問いかけると、一つのイメージが浮かんできた。

ああ、手をつないで歩きたいな。

それは、自分と初白が指を絡めあって歩いている姿だった。

うん。いいな。なんかこう、温かくなるわ。ちゃんとデートっぽいし。

そんなことを考えながら結城は初白が待っている喫茶店にやってきた。

そこそこ混雑している店内を見回すと、初白の姿はすぐに見つかった。

「ま、待たせたな。初白」

初めて普段とは違う格好を彼女に見せる不安のせいで、若干上ずった声が出てしまった。

「あ、結城さん。どうでした……か……」

顔を上げて結城の方を見た初白の返事が途中で萎《しぼ》んでいった。

「……お、おい。どうしたんだよ」

少し放心したような表情だった。久しぶりの外出で疲れて体調でも崩したのだろうか？

そう思った結城が顔を覗《のぞ》き込もうとすると、初白は顔をそらしてしまう。

あ、もしかして……。

「あれか……そんなに似合ってなかったか」

そこそこいい感じになったと思っていたのだが……無念である。

「あ、いえ……そうではなくて。むしろ……」

初白がこちらの方に向き直る。その顔はほんのりと赤く染まっていた。

「……かっこよくて、思わず目そらしちゃいました」

「……そ、そうか」

結城も一緒になって顔を赤くする。

こう、いつもと雰囲気の違うかわいさを出している初白にそう言われると、一段と気恥ずかしかった。

「あ、そうだ……大谷、門限あるから先に帰るってさ」

「そ、そうですか……また今度お礼を言わないとですね……」

「そうだな……」

「はい……」

クソ。

なんか会話が続かねえ。

しばらく、二人共顔を赤くしたまま黙っていたが。

「ちょ、ちょっとトイレ行ってくるわ」

結城のほうがいたたまれなくなって、一時撤退した。

◇

「クソオオオオオオオオ、なぜあそこでヘタレた俺ええええええ!!」

結城は男子トイレの手洗い場の前で頭を抱えていた。

いける雰囲気だったじゃん!!

あのまま、右手差し出して「……行こうぜ、初白」って言えば、手をつないで歩けたじゃねえか!!

不甲斐《ふがい》なさと悔しさのあまり手洗い場の横に置かれているハンドドライヤーをベシベシと叩《たた》く。

「くそ、このパナソ◯ック製め!! 微妙に乾いたか乾いてないか分からないくらいの半端な風送りやがって」

完全なる八つ当たりである。彼に罪はない。

ちなみにこのトイレに設置されているのは型の古いモノで、最新のモノは短時間で結構しっかりと乾く。技術の進歩は偉大である。凄《すご》いぞパナソ◯ック。

「……ふう。待て待て、まだ慌てる時じゃない」

結城は深呼吸をして気持ちを落ち着けた。

「よし」

せっかくの初デートである。上手《うま》くやって初白にも楽しんでもらうぞ。

◇

などと意気込んでいた結城だったが。

「ねえ、いいじゃん。暇なんでしょ？」

「この近くにオシャレな店あるんだよね。晩ごはんまだでしょ？　奢《おご》っちゃうよ？」

トイレから戻ると大学生くらいの髪の毛を脱色した二人組が初白に声をかけていた。

初白は俯《うつむ》いて固まってしまっている。

しまったな、と思った。

今の初白は彼氏の欲目を抜きにしても相当に美少女である。それも普段の制服姿のようにひっそりとたたずむような雰囲気でなく、明るい色でコーディネートされたファッションのためやたらと目立つ。一人でいれば、目をつける男の一人や二人はいてもおかしくない。

「ねえ、さっきからなんで黙ってるの？　感じ悪くない？」

いや、どう見ても怯《おび》えてるだろ。それくらい気づけよ。

結城は急いで歩み寄ると声をかけた。

「おう、待たせたな初白」

「なんだお前？」

二人組の一人が結城を睨《にら》みつけてくる。

「邪魔すんなよ。さあ、いこうぜ。外に車止めてるからさ」

そう言ってもう一人が初白に手を伸ばす。結城はその手を摑《つか》んだ。

「なにすんだ……いでででで」

あ、強く摑みすぎたか。

バイトの荷物運びで鍛えられた結城の握力は結構なものである。

「すまんすまん」

「何しやがんだテメエ!!」

マズいな。と結城は思った。

下手に刺激してしまった。

なにせ結城は特待生である。喧嘩《けんか》になるのはマズい。仮にこちらが手を出さずに一方的に殴られても面倒な疑いをかけられるかもしれない。

その時。

「あれ？　結城じゃん」

結城たちの背後から声が聞こえた。

人当たりがよく野球部のエースにして定期試験学年十位以内を常にキープする完璧《かんぺき》超人っぷりでありながら、大谷にぞっこんの少々残念なイケメン、藤《ふじ》井《い》亮《りよう》太《た》だった。

今日はユニフォームでも制服でもなく普段着である。結城は自分の目に自信があるわけではないが、私服のセンスはいいと感じる。衣服の種類は分からないが全体的にシンプルで嫌みがなく爽《さわ》やかな印象だった。

「んー」

「な、なんだオメエ。こいつの仲間か？」

大学生たちは、藤井の百九十センチの長身を前にしてやや腰が引けつつも威嚇してくる。

藤井は結城たちの様子を見ると、うんと呟《つぶや》いた。

「お兄さんたち、ここは収めてください。ちょっと待っていてくださいね」

そして、近くの席に座っていた三人組の女子高生のところに歩み寄って声をかける。

「ねえ、君たち。僕とそこの大学生のお兄さんたち、今ご飯食べるの付き合ってくれる女の子探してるんだけど、よければどう？」

特にひねりの無いストレートな誘い方だったが、俳優やタレントが裸足《はだし》で逃げ出すレベルのイケメンに声をかけられたとあって、女子高生たちはドギマギしながらも少し話して、藤井がさらに強く押すと誘いに乗ってきた。

「というわけで、彼氏持ちの子相手にするよりも彼女たちと遊んだほうがいいと思いませんか？　僕もご一緒することになっちゃいますけど」

そう言ってニッコリと笑う藤井。

大学生たちはお互い顔を見合わせると、嬉《うれ》しそうに顔をほころばせた。

「でかしたぞ、高校生!!」

「よし、支払いは俺たちに任せろ!!　あ、それから、お前その子の彼氏だったんだな。すまなかったな。これで美味《うま》いもんでも食ってくれ」

そう言って大学生はテーブルに財布から取り出した五千円札を置く。

少々短気なだけで、気前のいい男たちだったようだ。

そして、大学生二人は意気揚々と女子高生たちの席に突撃していく。

結城はすぐに初白に声をかける。

「大丈夫か初白？」

「……あ、はい。少し緊張してしまいましたけど。その、ありがとうございました」

そう言って藤井に頭を下げる初白。

「ああ。俺からもありがとうな、藤井」

「いやいや、大したことじゃないよ。結城は僕の恩人だしね」

藤井は手をひらひらさせながらそんなことを言う。

恩人、と藤井は言ったが、結城にはそんなことを言われるような記憶が無かった。一年の時から意味も分からず言われているのである。しかも、藤井は聞いても何のことだか教えてくれない。

「それにしても、藤井、大した手際だったな」

「別に大したことないよ。あの三人組一通り遊んで飽きて誰かに声かけられるの待ってたみたいだし……それよりも」

藤井は初白の方を見る。

「君が、結城の彼女？」

「は、はい」

こくりと頷《うなず》く初白。藤井はそんな初白をマジマジと見る。

「へえ、こりゃ驚いた。結城がかわいいかわいい言ってたからどんなもんかと思ってたけど、聞きしに勝るレベルの高さだ」

大谷と同じ反応をする藤井。

「そうだろそうだろ。初白はかわい」

「ねえ、結城なんかじゃなくて僕に機種変更しない？」

ヘラヘラと笑いながらそんなことを言う藤井。

「おい、こら」

「……えっと」

初白は少し困ったように言う。

「お気持ちは嬉しいですけど、結城さんは私にはもったいないくらい素敵な彼氏ですから……」

「お、おう……」

ストレートな誉め言葉を聞いて、赤面する結城。

「な、なんで赤くなるんですか……」

初白も恥ずかしくなったのか顔を赤くする。

そんな二人を見て、藤井はプッと吹き出した。

「ははは、冗談だよ冗談。僕には翔子《しょうこ》ちゃんがいるしね」

そう言って藤井は結城の肩を叩いた。

「初白ちゃんだったっけ？　いい彼女だね」

「ま、まあな」

「じゃあ、僕は向こうで楽しんでくるから。二人もゆっくり楽しんでねー」

藤井はそう言い残すと、先ほどの大学生と女子高生たちの方に歩いて行った。

◇

「……凄い人でしたね。藤井さん、ですか」

ナンパ大学生と藤井が去った後、初白がそう呟いた。

「ああそうだな。アイツはすげえやつだよ」

「それに結城さんと仲がよさそうでした」

「ああまあ、よく話すほうではあるな」

と言っても学校では休憩時間すらほとんど勉強している結城は、大谷と藤井くらいとしか話さないのだが。

「ちょっと羨《うらや》ましいかもしれません……」

「羨ましい？」

「……はい。私も学校での結城さん見てみたいので」

「そ、そうか……」

うーん。ほんと、おめかしした今の初白には何を言われても気恥ずかしくなってしまう。

「……まあ、あれだ。そしたらそろそろ行こうぜ。せっかくだから二人でこの辺適当にまわってみよう」

「は、はい。でもえっと」

初白は少しモジモジとしながら言う。

「そ、それって……デートってことですか？」

少し不安げな表情だった。

自分と同じように緊張している初白を見て、結城は少し肩の力が抜けた。

「ああ、デートだ。さあ、行こうぜ初白」

初白が不安にならないように、はっきりとした声で結城はそう言った。

そうだな。俺がしっかりしてリードしないとな。

「は、はい」

初白がその声に引っ張られるように立ち上がった。

その時。ガクン、と初白は膝《ひざ》の力が抜けて再び椅子に座り込んでしまった。

「初白!!　どうし……」

そこで結城は気が付いた。初白の体が震えている。

「ごめんなさい……結城さん……」

「……初白」

ああ、なるほどな。

そりゃそうだよな。

「……さっきの二人に詰め寄られたの、怖かったんだな」

「……はい。ごめんなさい」

考えてみれば当然じゃないか。

外に出て人混みの中を歩いただけでも今の初白にはかなりの負担だったはずなのだ。

「……大丈夫です、すぐ立ちますから」

「いや、そんな無理しなくても」

「いえ……」

初白は首を横に振って少し強い口調でそう言った。

「……結城さんとのデート、私もしたいですから」

そう言って笑う初白。

その笑顔は少しぎこちなかった。怖くて辛《つら》いのを必死で耐えて結城に心配をかけまいとしているのが否応《いやおう》なく伝わってくる。

ああ、健気《けなげ》だな。と素直に思った。

結城はそんな愛《いと》しい彼女とデートがしたい、ものすごく楽しみだ。

だから。

「……うん。初白、今日は帰ろう」

その言葉を聞いた途端、初白の目が見開かれる。

「いえ、そんな……ダメですよ。私は大丈夫です。すぐに立ちますから」

そう言ってテーブルに手をついて立ち上がろうとする初白。

しかし、震える手足では上手《うま》く力が入らない。

結城はできる限り優しい口調で語りかける。

「……いいんだよ。最初に手を繋《つな》ごうとしたときにも言ったじゃないか。初白も喜んでくれなくちゃ意味がないんだよ」

「いえ、私は。私も結城さんとデートしたくて……」

「それでも、初白に辛い思いを我慢させたら意味がないんだよ。さすがに今の初白をいろんな所に引っ張りまわすわけにはいかない。だからさ、今日は帰ってゆっくり休もう？」

「……結城、さん」

俯《うつむ》いてしまう初白。彼女のことだ、迷惑をかけてしまったと本気で自責の念を感じているのだろう。

だから。

結城は明るい声で言う。

「その代わりに、帰りは俺と手を繋いで歩いてくれないか？」

「……え？」

「もちろん、普通の繋ぎ方じゃないぞ。恋人繋ぎだ。しっかりとお互いの手をこう……むぎゅっと握って帰り道を歩くんだ。というか俺はデートそのものより、それがしたかったまである」

結城の言葉にポカンとしている初白に、結城は自分の右手を差し出した。

初白は黙ったままその手を見つめたあと、結城の顔に目をやった。

結城も何も言わずに、ただ小さく微笑みながら初白の目を見る。大谷にヤクザのようだと言われるような生来の目つきの悪さである。上手く優しい笑顔になっているといいのだが。結城は見つめあって、右手を差し出したまま。

「……だから初白。手を繋いで、帰り道一緒に歩こう……な？」

もう一度そう頼んだ。

初白は少し目を伏せる。

「……グスッ」

その目から涙が滲《にじ》んでいた。

そして、差し出していた結城の右手の上に初白の左手が添えられた。

「……ホントに、結城さんは……どこまで私に優しくすれば気が済むんですか」

結城は震える初白の手に指を絡めてしっかりと握りながら言う。

「俺は自分のやりたいことやってるんだよ」

「……それでも、嬉しいです」

初白の手の震えが少し治まった。

「立てるか？」

「……はい」

初白はそう言ってゆっくりと椅子から腰を上げる。

まだ、結城に手を引かれて少しふらつきながらだが、しっかりと自分の足で立ち上がった。

「じゃあ……帰るか」

「……はい」

そうして、二人は歩き出した。

ショッピングモールを出て、帰り道を手を繋いだまま歩く。

しばらく歩いていると、初白の手の震えはいつの間にか治まっていた。

表情も和らいで、ここ最近部屋の中で見るいつもの初白だ。

「……結城さん」

「ん、どうした？」

結城がそう返事をすると、初白が繋いでいる手をむぎゅっと握ってきた。

「ぬお!?」

いきなりのことなのでちょっとビックリして声を上げてしまう結城。

「……ふふ」

初白はそれを見て小さく笑う。なんか負けた気分である。

「小癪《こしゃく》な」

なので、結城もむぎゅっと握り返した。

「……っ」

初白も驚いて声を漏らす。結城はそれを見てニヤニヤとする。

「むー」

頬を膨らませる初白。

「えい」

「ぬお!!」

また初白が握り返してくる。

「てい」

「……っ」

なので結城も握り返した。

その後、家に着くまでお互いに手をむぎゅむぎゅと握りあった結城と初白であった……

結城としては帰り道が一番疲れたかもしれない。嬉《うれ》しかったけど。

第五話　ちょっとした昔語り

いつも通りの昼休み。

「なによ。せっかく買ったのにアンタも初白《はつしろ》さんも、あれ以来あの服着てないの？」

「まあ、やっぱりアレ着てると俺も初白も落ち着かなくってな。特別な日に二人で出かけるときとかに着ることにしたんだよ」

「そこまで大層なモノ選んだつもりは無いんだけど……まあ、アンタたちらしいか」

結城《ゆうき》は参考書を、大谷《おおたに》は少年漫画の『キャプ○ン翼《つばさ》』を読んでいた。不朽の名作なのは結城も重々知っているのだが、なぜ今更読んでいるのかと聞いたら「ＢＬ界隈《かいわい》では熱い」らしい……そっとしておくことにした。

そこに。

「翔子《しょうこ》ちゅわーん!!」

教室のドアを勢いよく開けて、藤井《ふじい》が飛び込んできた。今日も相変わらず、爽《さわ》やかな面構えのイケメンである。

先日、初白をナンパしていた大学生たちを追い払った時の、落ち着きのあるリア充然とした態度は虚空の彼方《かなた》に消し飛び、大谷に向かってル○ン三世も裸足《はだし》で逃げだす勢いで飛びつく。

　完全に変態である。

「今日も素敵だね!!　新婚旅行はハワイかそれともヨーロッパのど」

「ふん!!」

「ガボッ!?」

　大谷の上靴の底が学校随一のイケメン顔にめり込んだ。

「……おい、今『メキャ』みたいな鈍い音したけど、大丈夫か？」

　と心配した結城だったが。

「……ああ、大丈夫大丈夫。むしろ、こういうのも意外といいかもしれない」

　などと言いながら、藤井は見事に上靴の底の形に跡のついた顔面で若干恍惚《こうこつ》としながら立ち上がった。変態である。

「というわけで翔子ちゃん、もう一回蹴《け》ってみて？」

　大谷は便器にこびり付いた他人のウ○コを見るような目をして言う。

「嫌よ。触れたくもないわこのクソ変態」

「ああ……罵倒《ばとう》されるのも、こうジワリと熱いものがこみ上げてくるね……」

変態である。

大谷は付き合ってられんとばかりに大きなため息をつくと、視線を漫画の方に戻した。

結城は藤井に言う。

「お前もよくやるなあ。大谷にちょっかい出すためだけに階の違うウチのクラスまで」

「いや、今回は結城の方に伝言があってね」

「俺に？」

「ああ。担任の先生からも改めて言われるかもしれないけど、放課後校長室に来てくれだってさ」

◇

さて放課後。

「しかし、校長から直々に呼び出しってなんだろ？」

校長室の扉の前までやってきた結城は、そんなことを考える。

結城は校長とは普通の生徒よりも交流のある方である。というのも、ＳＡ特待生であるため学期ごとに一度校長との面談があり、今後もこの調子で頑張ってください的なことを言われるのである。

だが、特に問題行動等を起こしたことの無かった結城は、それ以外の理由で呼び出されることはこれまでなかった。前回も前々回も成績は学年トップだったのでその辺が理由ではないと思うのだが。

そんなことを考えながら、結城は扉を開けて校長室の中に入った。

「やあ、結城くん。元気ですかな？」

開けて正面にある、大きな木製のデスクに座っている校長が柔らかい声でそう言ってきた。

校長は五十代後半の白髪交じりの髪をオールバックに固めて黒いスーツを着た男である。服装や髪型だけを見るとかなりの威圧感がありそうなものだが、眉《まゆ》の下がった穏やかそうな顔立ちと、ゆっくりとした穏やかな話し方のせいで、ただの好々爺《こうこうや》といった感じである。

そのため、全校集会での校長のお話は眠りの世界に引きずり込まれる人間が後を絶たない。

「すまないねえ。放課後はいつも自習しているのにその時間を使わせてしまって」

「いえ、少しくらいであれば。それで、どんな用件ですか？」

「ああ、そのことですが。詳しい話は彼の方から」

そう言って校長が視線を送ったのは、応接用のソファーである。

そこには野球部のユニフォームを着た二人の人間が座っていた。

一人は藤井。結城と目が合うと小さく「よう」と口を動かして手を上げてくる。

そして、もう一人は校長より若い、三十代後半くらいの見知らぬ男だった。

「やあ、初めまして結城祐介《ゆうすけ》くん。今年から野球部のコーチをさせてもらってる清水《しみず》浩司《こうじ》だ」

そう言ってソファーから立ち上がった清水は、藤井ほどではないが結構な長身であった。校長とは真逆で、精悍《せいかん》で活力に溢《あふ》れた顔立ちである。

結城は差し出された右手を取って握手する。

「初めまして」

「……うん。三年以上野球から離れているというのに素晴らしい手をしているな。やはり君は我が野球部のエースに相応《ふさわ》しいぞ結城くん!!」

清水は応援団員や劇団員が腹から出したような力強い声でそんな事を言ってきた。

「……はい？」

「なに、安心したまえ。僕も高校時代は怪我で一年近く投げられない時期があったが、そのくらいのブランクなら丁寧にやっていけば半年も経たずに取り戻すことができる。もちろん僕も協力しよう!!」

声自体はよく通ってハッキリと聞こえてきたのだが、言っていることは意味不明だった。

結城は藤井に「なんだこれは？」と視線で訴えかける。

藤井は「そういうもんなんだよ」と首を横に振った。その表情には呆れのようなモノが浮かんでいる。

というか。なんかこの人……どこかで見覚えがあるような……。

「えーと。もしかしてどこかでお会いしましたっけ？」

結城がそう言うと、清水は少し眉をひそめた後苦笑いした。

「ははは、これでもそれなりに名前は知られていると思ったんだけどね」

そんな清水に藤井が言う。

「だから言ったじゃないですかコーチ。結城のやつは今は野球からは完全に離れてるんですよ。結城、清水コーチは元プロ野球選手だよ」

「……ああ、清水選手か!!」

結城はようやく思い出した。

清水浩司。高卒一年目から一軍のマウンドで活躍し、最多奪三振などのタイトルも獲得したことのあるプロ野球選手である。怪我などもあり、九年前に若くして引退してしまったが、当時の野球少年たちなら名前くらいはなんとなく聞いたことのある存在だった。

まさかウチの高校の野球部のコーチになっているとは驚きである。

まあ、それはひとまず置いておいて。

「それで、清水選手が俺にどんな用事ですか？」

「だから、我が部のエースとして」

再び清水の口から流れだそうとした強い言葉を遮ったのは、校長の穏やかな声だった。

「まあまあ、待ち給《たま》えよ清水くん。相変わらず君は熱くなると会話にならないなあ」

「え？　ああ、すいません先輩。若い才能を前にしてつい……すまなかったね結城くん」

そう言ってヘコヘコと頭を下げる清水。

やり取りを見る限り、どうやら二人は大学だか高校だかの野球部の先輩後輩のようである。

「つまり、清水くんは君を野球部に誘っているんだよ。君が中学時代結構な活躍をしていたのは私も知っている。今年から我が校は野球部にも力を入れるつもりでね。彼を雇ったのもその一環だよ。結城くんのような子が入って活躍してくれれば、我が校としてもありがたい……とはいえ、特待生として成績をキープしながらというのは厳しいと私も思ったのだが、清水くんがどうしてもというのでね。一応話だけはさせてもらってるということだよ」

……はあ、そういうことか。

「すいません。お断りさせていただきます。それでは失礼します」

結城は踵《きびす》を返して入ってきた扉を開けた。

「あ、ちょっと、結城くん!?」

「コーチ、だから無駄だって言ったじゃないですか〜」

結城は清水と藤井のそんなやり取りを聞きながら、校長室から出ていった。

◇

結城は校長室を出た後、久々に自習室でじっくり勉強をしていた。

日も暮れ始めたのを見て、結城は荷物をまとめて自習室から出る。

すると校門のところで偶然にも藤井に出くわした。

「やあ。ちょうど帰りかい？」

「ああ。藤井がこの時間に上がるのは珍しいな」

「コーチが少し用事があるらしくて、ここ最近は上がるの早いことが多いんだよね。途中まで一緒に帰ろうよ」

「ああ、そうだな」

そう言って並んで歩き出す結城と藤井。

「しかし、結構久しぶりだよな。こうやって一緒に帰るの」

結城はそんなことを呟《つぶや》く。

初白と出会う前は、結城はバイトの無い日は今日みたいに遅くまで自習室に残って自習をしていたため、ちょうど野球部の練習が終わる時間と一緒のことが多かった。そして、帰る方向が途中まで同じの結城と藤井は自然と帰り道を歩きながら会話をするようになっていったというわけである。

　まあ、初白が来てからはバイトがなければ一目散に帰宅するようになり、最近はこうして話す機会が無くなっていたわけだが。

「……これがあれか。結婚したら学生時代からの友だちとの付き合いが無くなってくるってやつか？」

「ん？　何をブツブツ言ってるんだい？」

「あー、いやいや。なんでもないなんでもない」

　そう言って首をブンブンと横にふる結城。

「……そもそもまだ結婚したというわけではないしな、いや、なんだよ『まだ』って……そりゃもちろん、いずれは……」

「あいかわらずよく分からない独り言が多いね結城は」

　そう言って苦笑する藤井。

　その後しばらくどうでもいいことを話しながら歩いていたが、不意に藤井が申し訳無さそうな顔をして言う。

「今日はすまなかったね結城」

「ん？　ああ、気にすんなって。清水選手だって任された部を強くするために必死なんだろうしさ。それよりもこの前は初白助けてくれてありがとうな」

「そりゃまあ、友だちの彼女なんだから助けるでしょ普通」

　本気で当然のような顔をしてそんなことを言う藤井。

　これはまた性格まで大層なイケメンっぷりである。遠くから見ているだけよりも実際に藤井と話した女子の方が熱烈なファンになることが多いと言われるだけある。そして、大谷に対する変態っぷりを見て観賞用残念イケメン扱いされるまでがテンプレである。

　ほんとなぜ、大谷の前だとああなってしまうのか……。

「初白も今度お礼言いたいって言ってたぞ……あ、ここのスーパー寄っていくわ」

　トイレットペーパーや歯磨き粉などの生活用品が減ってきていたのを思い出したのである。初白と暮らすようになってから、単純に倍の速さで減っていく。

「ああ、じゃあ僕もアイス買っていこうかな。なんかスーパー◯ップの気分だし」

　そう言って藤井も結城と一緒に帰り道にあるスーパーの中に入っていく。

　買い物カゴを手に取る結城に藤井は言う。

「しかし、彼女さん、ちょっと話しただけだけどいい子だったね」

「おう‼　初白は最高にいい子だぞ。それは間違いない」

「結城とも相性が良さそうだったしね」

「そ、そうか？　いや〜、それほどでも〜。あ、ついでだからアイス奢《おご》ってやるよ。スーパー◯ップなんてケチなことは言わねえ。ハーゲンを奢ってやろう」

緩みまくった表情でそんなことを言い出す結城。

「なんて分かりやすいんだ、我が親友は……」

そう言って苦笑いする藤井。

その時だった。

「ん？　結城。あれ初白ちゃんじゃない？」

藤井が指さした先には、買い物カゴを持ってキャベツが置かれた棚の前で何やら悩んでいる初白がいたのだった。

◇

「やあ、初白ちゃ」

「ああ、ちょっと待っていてくれ」

初白に声をかけようとした藤井を結城は制止した。

そして、自分が初白に歩み寄ると声をかける。

「……あ、結城さん」

初白が買い物カゴを持ったままペコリと頭を下げた。

結城は少し小さい声で初白に尋ねる。

「ああ……なあ初白、大丈夫なのか？」

実は結城は初白がこうして外に出て買い物をしていることを知らなかった。家からかなり近いとはいえ、一人で外出していたことにはやや驚きがある。

「はい。ちょうど冷蔵庫の食材が少なくなってきていたのでモノは試しということで。ちょっとくらいなら平気みたいです」

確かに結城の目から見ても特に怯《おび》えている様子はなかった。

「……うん、そうか」

「はい。これで今度から、結城さんに頼らずに一人で買い物できます」

買い物カゴを持っていない右手をグッと握りしめて、フンと誇らしげな顔をする初白。

なんというか微笑ましいので頭を撫《な》でてみることにした。

「ありがとうな。初白」

「ゆ、結城さん。なんですか急に……」

「いや、可愛かったからつい」

「……そ、そうですか。ふああ」

嬉《うれ》しそうに頬を染めて結城の手にされるがままの初白。

「……これで、結城さんに楽しんでもらえます」

「ん？　楽しむ？」

「はい。今までは結城さんに食材を買ってもらっていましたから。何を作るか分かってしまっていたと思うので」

「まあ、そりゃな」

　料理に関しては知識の無い結城だったが、流石に魚を買ってくれれば今日か明日は焼き魚だな。というくらいのことは分かる。

「今日の晩御飯はなんだろうな、っていうのも楽しみだと思いますから」

「ああ、まあ、そうだな」

　確かに、帰ってきて晩御飯が自分の大好物だったりすると嬉しいものである。

「はじめて結城さんにご飯食べてもらった日のこと覚えてます？」

　初白がそんなことを聞いてきた。

　もちろんだと大きく頷《うなず》く結城。なんだったら、あの時食べた煮込みうどんの味は一生忘れない所存である。

「あの時、私が作った料理に驚いて物凄《ものすご》く喜んでくれたじゃないですか。私、今でもあの時の嬉しかった気持ち覚えてます……だから、また、あんな風に喜んでもらえたらなって」

「……そ、そうか」

初白があの時のことをそこまで喜んでくれていたということが嬉しすぎて、反応に困り自分の頬をポリポリと掻《か》く結城。

その頭に温かい感触が触れてきた。初白が背伸びをして結城の頭を撫でているのである。

「な、なんだよ急に」

「可愛かったのでつい……えっと、嫌でしたか？」

「……全く微塵《みじん》もそんなことはないけども」

結城がそう答えると嬉しそうな顔をする初白。

うーむ。これは恥ずかしい。顔が熱くなってしまう。

ああでも、初白に頭撫でられるのなんか気持ちいいな。こう安らぐというか……。

「ねえ。そこのバカップル。いい加減、公衆の面前で甘ったるい雰囲気をばら撒《ま》いてないで、僕も会話に入れてくれないかな？」

藤井がかつて大谷もしていたような苦笑いをして、そんな事を言ってきたのだった。

◇

とりあえず、結城たちは三人で買い物をすることにした。

「初白、カゴは俺が持つよ」

「ありがとうございます」

「あれ？　卵はいいの？」

「はい。月曜日に特売があるのでその時に買えばいいかなと」

「そっか。あ、麺《めん》つゆ少なくなってきたってこの前言ってたよな。買うか？」

「そうですね。大きめのサイズのやつを一つお願いします」

「あいよ」

「……」

「どうした？　藤井」

「どうしました？　藤井さん」

結城と初白が買い物カゴに商品を入れていく様子を見て、藤井は何やら複雑な表情をしていた。

「いや。彼氏彼女っていうより夫婦に見えるなと思って。なんか結城、初白ちゃんちの冷蔵庫や台所の状況とかも把握しちゃってるし」

「え、ああ、まあよくご飯食べに行ってるしな」

藤井を信頼していないわけではないが、二人で住んでいることはあまり言うことではないだろう。

「ふーん。まあ、いいや。それよりもこの後時間あるなら、そこのファミレス寄っていかないかい？　ちょっと初白ちゃんとも話してみたいからさ」

藤井がそう言ったのを聞いて、結城は初白の方を見る。

初白は小さくコクリと頷いた。

「……そうですね。この前のこと、ちゃんとお礼を言いたかったですし」

◇

結城たち三人は近くにあるファミレスにやってきた。

メニューを広げて、三人は料理を選ぶ。

「じゃあ、僕はナポリタンにしようかな。結城たちは？」

「んー、俺はこの焼き魚定食だな」

「ファミレスでそれ頼む人初めて見たよ……」

「そうか？　んー、まあそういうものか」

確かに前の結城なら別のものを選んだかもしれない。ただ、今の結城は初白の料理に慣れたせいですっかり和食派である。

「初白は何にするんだ？」

「……えーと」

初白は細い指でメニューの最後のページをさした。

「これです」

「ホットケーキ？　いいのかそれで？　これ小さい子供とかが頼む用のメニューであんまり量とかないけど。ちゃんと食べるなら、前のページにあるヤツの方が」

初白は小さく首を横にふる。

「いえ。これがいいんです……」

「……そうか」

「じゃあ、店員さん呼んじゃうね」

藤井は近くを通った店員を呼び止めると、結城たちの注文を伝える。

若い女性店員は藤井の美形っぷりに少し緊張しているようだった。

注文が終わり、店員が厨房《ちゅうぼう》の方に引っ込んでいったのを見て、結城は藤井に言う。

「しかし、お前凄いよな」

「ん？　なにが？」

「いや、モテっぷりが。さっきの店員もお前見て顔赤らめてたし」

「んー、まあでも、それほど凄いことでもないと思うけどね。僕程度にできることなんて」

その謙遜《けんそん》は嫌みになるぞと結城は思う。結城の知る限り、藤井ほどなんでもできるやつはいないのだ。

「私も藤井さんは凄い人だと思いますよ。この前もあっという間に争いも起こさずに場を収めてくださいましたし。あの時は助けていただいてありがとうございます」

そう言って頭を下げる初白。

藤井はニッコリと微笑みながら言う。

「恩人で親友の彼女だからね。助けるのは当然だよ」

「恩人……ですか？」

親友というのは知っていたが、恩人というのは初めて聞いた初白は首を傾げた。

「俺もそれ前から気になってたんだよ。俺、お前に恩なんて売ったこと無いと思うんだよな。聞いても話してくれないし」

「話すようなことでもないと思ってたからね。んー、でもそうだな……初白ちゃんも聞きたい？」

「え、そ、そうですね……」

初白は少し恥ずかしそうに言う。

「結城さんのことなら、私知りたいです……」

「そう。愛されてるね結城、羨《うらや》ましいぞこの野郎。まあ、それなら話そうかな」

藤井はコップの水を一口飲むと語りだした。

「僕が結城に初めて会ったのは、中学二年の春大会だった。当時僕はエースで四番、まあそれは一年の時からそうだったんだけどね」

「一年生の時からですか。やっぱり凄いと思いますよ」

「まあ、そうなんだろうけどね……嫌みな言い方するけど、僕って昔から努力しなくてもなんでもできちゃうんだよね」

「本当に嫌みな言い方だなおい」

結城は呆《あき》れた顔でそう言った。

まあ確かに、常に学年で一桁《けた》の成績なのに藤井がガリガリ勉強しているところとか見たことがない。

「だからさ、なんというか退屈だったんだよ。エースで四番だって、特別なろうと思ってなったんじゃなくて、普通に部活の練習こなしてたらいつの間にかそうなってた感じだからさ。嬉しいとか誇らしいとか、そういうのなかったんだ。とにかくこう……冷めてたんだ」

だが、そんな藤井の前に地区大会の一回戦で、初めて見るピッチャーが現れる。

「……それが結城さんですか？」

「そう。一年の頃はいなかったはずなんだけどね」

「……クラブの方でやってたからな。部活動には入ってなかったんだよ。二年の一時期だけ、担任だった野球部の顧問が成績にちょっと色つけてやるからってことで、席だけおいて試合の時だけ助っ人で出てたんだ」

結城は少しばつの悪そうな感じで、頬杖《ほおづえ》をついて窓の方を向く。

「成績に色ですか？」

「中二までは、ほとんど野球しかしてなかったからな。成績は下から指の数で足りたぞ」

あまりにも今の結城と違うので、驚いて目をパチパチとさせる初白。

藤井はそれを見てクスリと笑う。

「それで、まあ、試合をしたわけなんだけど……」

＊　　＊　　＊

一回表のマウンドに結城が立った時、藤井は嫌な予感がしたのを今でも覚えている。

その目つきが尋常じゃなかったのだ。真剣そのものというか、もちろん皆真剣ではあるのだが、結城に関してはその度合が完全に中学生のそれではなかった。

そして結果は……嫌な予感に違《たが》わず藤井たちの完敗だった。

先発した結城の投げる球を、藤井たちはまともにバットに当てることもできずに完封されたのである。当時すでに百八十センチ以上あった藤井の方が球のスピード自体は速かったのだが、投球術というか精度というか、とにかく結城のピッチングはレベルが違っていた。

一方、藤井は徹底してバントやファウルで粘って出塁されると、結城に三塁打を三本打たれ三失点。

結城という選手にとことん格の違いを見せつけられた形だった。

そして試合が終わった後、藤井はさらに衝撃を受けることになる。

藤井は試合が終わり、解散した後、友だちと近所のファミレスでご飯を食べた帰りに通りかかった空き地で結城の姿を見たのだ。

なんと結城はおそらく父親であろう相手と練習をしていた。アレだけ完璧《かんぺき》なピッチングをした後だというのに、父親に今日の反省点を指摘されながら必死の形相でボールを投げ込んでいるのである。しかも、その投げ込まれるボールが明らかに試合の時よりも強いし速い。

ということは結城にとってさっきの試合は、なるべく体力や肩を消耗せずに格下を抑える練習みたいなものだったのだろう。

なんというか根本的に違うと思った。結城に比べたら自分などちょっと運動神経のいいだけの素人である。

唖然《あぜん》として結城の姿を見ていた藤井の足元に、結城が取りそこねたボールが転がってくる。藤井はボールを拾うと、取りに来た結城にボールを渡しながら。

『すごいね結城くんは』

そう言った。

それに対する結城の返答は。

『お前、誰だっけ？』

だった。どうやら目の前の人間にとって自分は眼中に無い程度のものだったようである。

そんなことは初めてだった。今まで藤井の周囲の人間は別に本人が望まずとも、藤井を天才だ王子様だなんだと称賛し、祭り上げてきたのだから。

結城はしばし腕を組んでうーんと考えると。

『ああ、あのつまんなそうにつまんねー球投げてたやつか。お前もうちょっと投げ込んだほうがいいぞ。疲れた時カーブ投げるの腕の振りでバレバレだから。ボール拾ってくれてありがとうな』

一切の悪気なくそう言い残して結城は自分の練習に戻って行った。

藤井はしばらく固まったまま、結城が練習する様を見続けることしかできなかった。

＊　＊　＊

「中学の頃の結城さん、結構辛辣《しんらつ》なもの言いしたんですね」

　意外そうな顔をする初白。

「……イキってた頃の自分の話されると、すごい複雑な気分になるな」

　結城はなんとも言えない顔をしながら藤井が話している間に運ばれてきた焼き魚定食を頬張る。

「まあ、あの頃の結城はホントに野球の鬼みたいな感じだったからなあ。それに、言ってることは事実だしね」

「それで、藤井さんはそれから奮起して、野球に取り組むようになった……ってことなんでしょうか？」

　だからこそ、熱意のなかった自分を救ってくれた恩人である、と。

　しかし、藤井は首を横に振る。

「いいや。次の日から僕も結城みたいにハードな自主練しようとしたんだけどね。三日も続かなかったよ」

　藤井はヘラヘラと笑って肩をすくめた。

「藤井、今でもそんなに遅くまで残って練習とかしてないもんな」

「はい？　じゃあ、恩人というのは……」

「思い知れたんだよ、それで……『自分は大した奴じゃない』ってね」

　藤井はナポリタンを器用にフォークに巻き付けながらそんな事を言った。

「それまで周りがさ、天才だなんだってまるで僕が一番すごいみたいなことを言い続けてきたんだよ。だから僕もなんとなくそうなのかなって思ってた。だから僕は『本当に凄《すご》いことをしないと喜んじゃいけないような気がしてた』んだよね。勝手にそう思い込んでた。漫画みたいな最高に熱くなれる最高の舞台で、誰よりも輝く主人公みたいな生き方をしなくちゃいけないんじゃないかって。でも、本当の僕は器用なだけの根性なしで大したことないやつだって分かってさ」

「藤井さんが大したことないなんて私は思いませんけど」

「例えば僕は定期試験はいつも学年で十位以内だ……でも一位は結城なんだよ。僕は結城くらい勉強を頑張れる気は全くしない。まあだから、その程度のつまらないやつなんだよ。そう思えるとすごく楽になった。ああなんだ、自分はそんな劇的に生きなくても、楽しくやれる範囲で器用に楽しく過ごせばいいんだってね」

　藤井はぱくりとナポリタンを頬張る。

「うん。美味《おい》しい。熱くなれるようなことは結局無いんだけどさ、日常が劇的に楽しくなったんだ、それ以降。今みたいにファミレスのナポリタン食べて美味しいみたいな日常を、楽しめるようになった。だから、結城は僕の恩人だよ」

　しばらく黙っていた結城が言う。

「今からでも野球頑張ってみたらどうだ？」

「嫌だよ。大変じゃないか」

藤井はナポリタンにチーズを振りかけながらそう言った。

◇

ファミレスで藤井と別れた結城と初白は二人で家に帰った。

「ふう。とりあえず、買ったものは冷蔵庫の前に置いとくな」

「はい。後は私が整理しますから結城さんはゆっくりしていてください」

結城はお言葉に甘えて先にリビングに向かう。

台所を仕切っているのは初白なのだから結城が下手に手を付けるのも逆に迷惑だろう。

結城は荷物を置いて椅子に座ると一息ついた。

今日はバイトもなかったので藤井と寄り道した後だがまだ時間は早い。定期試験も近づいていることだし、ゆっくりと勉強をするとしよう。

結城は机の上に参考書を広げた、その時。

『ちょっとできなそうだからってイチイチ逃げるんじゃねえぞ!!　祐介《ゆうすけ》!!』

ずいぶん懐かしい声が頭の中に響いた。

いかんいかんと、参考書に目を落として集中しようとするが。

「……あー」

どうにも気が散ってしまう。結城は自分の頭をガシガシとかいた。

「……集中集中」

そう呟《つぶや》きながら問題を解き始めた。

◇

「……ふう。そろそろ時間か」

風呂《ふろ》に入った休憩時間を挟んで五時間ほど勉強したところで、いつも寝る時間になった。

「お疲れ様でした、結城さん」

初白が温かいお茶を持ってくる。

「ああ、ありがとう」

結城は初白の淹《い》れたお茶を飲みながら、机の上の参考書を片付けて明日の学校の準備をする。

それが一通り終わり、お茶も飲み終えるといつものあの時間である。

結城がベッドの前に座る。そして、その右側に初白が座った。

初白が結城の体に寄り掛かると、結城の右手と初白の左手が重ね合わされる。

「……」

「……」

これが二度目に二人でゲームをした夜から続いている、寝る前の習慣だった。

初白の温かい体温が勉強で熱を持った結城の頭を心地よく穏やかにしていく。

「……結城さんの手」

初白は繋《つな》いでいる結城の手を自分の膝《ひざ》の上に置いた。

「こんな風にところどころ皮が硬くなってたりするのは野球をしていたからなんですね」

そう言って、結城の右手の中指の先や小指の付け根などを触る初白。その辺りは野球をやっていたころによく豆ができていた場所である。皮膚が硬くなっている分感覚が鈍い場所なので、初白の細い指で触られているのは分かるのだがくすぐったい感じはしないという何とも言えない感覚だった。

「これでも、だいぶ普通の手になって来たけどな。やってた当時なんかいつも手のどっか皮破れてたし」

初白は硬くなっている部分をフニフニと弄《いじ》りながら言う。

「……ふふ、硬いです」

……あ、ちょっと今、変な気分になってしまった。

全くもって思春期である。

結城は頭をブンブンと振って雑念を飛ばすと、今度は逆に初白の手を取ってじっと見つめる。

「初白の手は綺麗《きれい》だな。俺みたいにゴツゴツしてないし」

「そうですか？」

「ああ、でも綺麗なだけじゃなくて、ちゃんと頑張ってる手をしてるのが素敵だと思う」

初白の手はところどころ荒れていた。普段炊事洗濯をしているからだろう。男なら少々水を使う仕事をしたくらいでは乾燥することは少ないが、女性の皮膚はすぐに荒れてしまうことが多いと聞く。だから、初白の手の荒れている部分は、普段結城のために頑張ってくれている証《あかし》なのだ。

「いつもありがとうな」

結城はそう言いながら初白の手の荒れている部分を、できるだけ優しく撫《な》でた。

「……ッ〜!!」

すると、初白は結城の肩に頭を押し付けてグリグリとしてきた。

「な、なんだよ」

「結城さんがいけないんです……なんなんですか、ホントにもう……」

そんなことをしながら、ゆっくりと静かな時間を楽しんでいた二人だったが。

「……ねえ、結城さん。野球を止めた理由聞かせていただいてもいいですか？」

初白は急にそんなことを言ってきた。

「ん？　気になるのか」

「え、は、はい。かなり真剣にやっていたようですし気になります。でも……それよりも……」

初白は少し俯《うつむ》いて、繋いでいない右手で髪をいじった。

ああ、少し言うかどうか迷っているんだな。

結城は繋いでいる手をギュッと握る。「大丈夫、言ってごらん」という気持ちを込めて。

初白にもちゃんとその気持ちが伝わったようだ。

「……今日はあまり勉強に集中できてなかったですよね」

「あー、気づいてたんだな」

確かに今日はあまり集中できていなかった。特に最初の方は心ここにあらずといった状態で、普段の三分の一も問題をこなせていなかった。

「はい。いつも見てますから。結城さんの勉強してる横顔眺めるの……好きなんです」

「お、おう……」

イチイチ顔が熱くなることを言ってくる彼女である。

「それで、今日集中できなかったのは、藤井さんと野球をやっていた頃のこと話したからなのかなって思ったんですけど。その……野球を止めた理由と関係あるのかなって」

初白は結城の目をジッと見て言う。

「もし、私に話して楽になることなら……話してくれると嬉《うれ》しいです」

「……こりゃ参ったな」

全部見透かされてしまっているではないか。どうも今後もウチの彼女には嘘をつけそうにないなと思った。

「そうだな……まあ、そんな話すようなことでもないんだけどさ。割とありふれた話だと思うし」

結城は初白に尋ねる。

「なあ、初白。『星一徹《ほしいってつ》』って知ってるか？」

「え？　は、はい。『巨人《きよじん》の星《ほし》』の主人公のお父さんですよね」

色々と世情には疎い初白なので知らないかと思っていたが、意外にも知っていたようである。

「ああ、俺の親父は中学の頃に死んだってのは前に話したよな」

「はい」

「親父はさ、その『星一徹』みたいなやつだったんだよ」

結城はそう前置きして語りだした。

＊　　　＊　　　＊

「ちょっとできなそうだからってイチイチ逃げるんじゃねえぞ!!　祐介ぇ!!」

それが結城祐介の父親である結城勇次郎《ゆうじろう》の口癖だった。

地方で農業を営むこの男は、結城が母親の腹の中にいる時から「こいつをプロ野球選手にする」などと豪語していたらしく、結城が大きくなるとすぐさま時代遅れのスパルタ指導で結城を鍛えた。度を超えた体罰こそ無かったが、徹底して妥協や泣き言を許さないその様は、野球漫画『巨人の星』に登場する主人公の父親『星一徹』さながらだったと周囲の人々は言っている。

これだけ見れば、結城は父親のエゴによって辛《つら》い少年時代を送る可哀そうな少年だったのだが。

「うるせえクソ親父!!　だったらテメエが投げてみろ!!」

息子である結城には、そう頑固親父に怒鳴り返しながらボールを投げ込む負けん気が備わっていた。

父親に厳しい指導を受けながら野球一色の日々を過ごす結城だったが、辛かったかと言えば実はそういう記憶はあまりなかった。なにせ物心ついた時からのことであるし、単純に野球が上手《うま》くなることは嫌いではなかった。朝早く起きて父と練習、放課後は野球クラブ、それが終わったらまた父と練習。休日はそれこそ一日中互いに怒鳴り合いながら練習。そんな日々を飽きることなく続けた。

それが結城祐介にとっては当たり前だった。

だが、そんな日々は急に終わりを迎える。

中学二年の頃だった。父親の結城勇次郎が亡くなったのだ。

死因は説明されたがよく覚えていない。確か心臓かどこかの疾患だったはずだ。

* * *

「……よく覚えてるのは、親父の葬式で泣けなかったことだな。妹と母親は泣いてるし、自分でも泣くもんだと思ってたからよく覚えてる」

「……」

初白は黙って聞いている。

結城は時計を見た。

「ああ、もういつもの時間を過ぎてるな。初白、疲れてないか？」

初白は首をゆっくり横に振った。

「……もう少し話を聞かせてください。つまり、結城さんはそのショックで野球を止めた、ということでしょうか？」

「んー、そうなのかなあ。ショックっていうか、なんだろ」

結城はどこか遠くにある昔の景色を眺めるように視線を上の方に向ける。

「親父が死んで、もう朝と夜馬鹿みたいに厳しい練習することもなくなったし、何もせずにボーッとしていても『素振りの一つでもしろ!!』とか怒鳴られることもなくなった。ちょうど、野球クラブの方も問題が起きて長期休部状態だったからさ。親父の葬儀が一段落するまでの間、俺の日常から父親と野球がごっそりと抜け落ちたんだよな」

結城は自分でもよく分からないのか、珍しく自信なさそうに言う。

「そしたらさ……なんて言ったらいいんだろうな。熱が消えたっていうのかな。なんで野球やってたんだろうなって考えてさ。今までなんで野球やってるかなんて考えたこともなかったんだけど、理由が見つかんなくてさ。気が付いたら何か月もボールにもグローブにもバットにも触ってなくて……でも、それが別に嫌なことでもなくて。そのまま今に至るって感じかな。ああ、そう言えば結局親父が死んで以来、一度も触ってなかったな、野球道具」

結城は初白と繋いでいない左手をジッと見ながら開いたり閉じたりする。

休日などは一日中グローブをつけていたその手だが、感触を思い出すことはできなかった。

「まあほんと……俺自身よく分かってないんだよ、野球止めた理由はさ。しかし、なんで今になって親父の口癖なんか思い出したかなあ。死んでまで野球やれとでもいうつもりかね、あの頑固野郎は」

そう言って小さく笑った。

「こんなとこだな。悪いな初白、上手く話せなくて」

「……」

初白はそんな結城の顔をじっと見つめていたが、やがて身を乗り出してこう言った。

「結城さん」

「な、なんだ？」

可愛らしい顔が急に鼻と鼻がぶつかりそうな距離まで迫ってきて少し動揺する結城に、初白はこう言った。

「私とキャッチボールしませんか？」

◇

翌日の土曜日。

月に一回の土曜授業が午前中で終わった結城は、野球部の部室へ行きちょうど部活を終えたところだった藤井からグローブを二つとボールを借りた。

そして初白の作った昼ご飯を二人で食べると、近所の河川敷に向かった。

パン、パン、と久々に左手にはめたグローブを右手で叩《たた》く。そうそう、こんな感じの感触だった。

「しかし、急にキャッチボールしたいだなんてどうしたんだよ？」

「結城さんのお話を聞いていたら、野球してみたくなっちゃったんです」

ジャージ姿の初白が、少しサイズが大きいグローブを手にはめてボールを持つ。

「野球はやったことあるのか？」

「無いです。見たことはありますけど。じゃあ、いきますよ結城さん……えい!!」

ジャージ姿の初白が、そんなことを言いながらボールを投げる。

「おっと」

近い距離だったがボールは斜め上に逸《そ》れた。結城が飛びついてなんとかグローブに収める。

「すみません!!」

「ああ、いいよいいよ。最初はそんなもんだし」

明らかに経験者の投げ方ではないが、それでも初心者にしては結構上手い。

「さてと」

結城も腕を軽く回すと、軽くボールを放った。

「わっ!!」

結城の投げたボールが初白のグローブに収まって、パンと乾いた音をたてる。

「……凄《すご》いですね。私の球と違って構えたところに真っすぐです」

「いや、久しぶりすぎて上手く腕と体が一致しないや。回転も弱いし軸がぶれてるし」

「はあ、そういうものですか……えい!!」

また、初白がボールを投げ返してくる。今度は上に逸れたが左右にはブレなかった。

結城も昔の感覚を思い出しながらボールを軽く投げ返す。

再び初白のグローブに収まるボール。コントロールは正確だが、やはり結城としては全然昔のようには投げられていなかった。

「……っていうか、初白キャッチング上手いな。初心者なんて正面に来ても取れなかったりするもんだぞ?」

「そうなんですか?」

初白はそう言いながらボールを投げ返してくる。

今度は結城が構えていた位置から少しズレただけだった。

返球も正確になってきてるし、勘がいいのかな? これならもう距離を伸ばしても大丈夫かもしれない。

「もう少し離れて投げても平気か？」

「は、はい。どうぞ」

「よし」

結城は一歩後ろに下がった後、ボールを投げる。

先ほどまでよりも強いボールだが、初白はしっかりとキャッチした。

ホントに上手いな。今回のなんてちょっと構えたところから逸れてたのに。

「まだ、遠くても大丈夫か？」

「はい」

結城は初白から投げ返された球を受け取るともう一歩下がる。

それにしても、先ほどから自分の投げ方は酷《ひど》いものだった。初白は褒めたが、結城の感覚では下手くそもいいところである。

「……親父が見たら、怒鳴り散らすだろうな」

そんなことを呟《つぶや》きながら投げる。

初白からボールが投げ返されてくる。

結城は少しずつ、距離を空けていった。

その間も結城はなんとか昔の感覚を思い出そうとするが、どうにも体がちぐはぐに動いて上手くボールに力が伝わらない。ブランクとは恐ろしいものである。

父親の怒鳴り声が聞こえてくる気がする。

『腕で投げるな!!　下半身で投げるんだ!!』

(うるせえ。手で持ってんだから投げるのは腕だろ。下半身で距離作って上半身を大きく動かせって言え。分かりにくいんだよ)

結城はボールを投げる。

『指先の感覚を大事にしろ!!　最後はボールを指先で切るんだ!!』

(それは人によるんだよ。俺の場合は押し出すイメージじゃないと回転かからないんだよ)

結城はボールを投げる。

『しっかり狙うとこ見て真ん中に投げ込め!!　気合い入れろ!!　気合いを!!』

(やってるわこの馬鹿。気合いでストライク入ったら苦労しないんだっつーの……ああ、ホントに)

振りかぶった結城の口元が緩む。

(うるさい馬鹿親父だったな……クソ野郎め)

ビッと、結城の指先が鋭くボールを押し出す音がした。

「あっ」

しまった。加減せずに投げてしまった。

文句なしの体の使い方で投げ込まれたボールは、強く綺麗《きれい》なバックスピンで空気を切り裂きながら初白のグローブに吸い込まれるように一直線の軌道を描くと。

バシン!!

という大きな音を立てて突き刺さった。

初白がのけ反ってその場に尻《しり》もちをつく。

「だ、大丈夫か？」

いくら、公式戦で使う硬式球よりも軟らかい軟式球とはいえ、初心者に思い切り投げるのはよろしくない。結城くらいの球を投げるとなれば、経験者でも取った手に痛みが走る。

「すまん、つい」

しかし、初白は嬉《うれ》しそうに言う。

「平気ですよ。ちゃんと取れましたし……それに」

初白はグローブを取った左手を胸にあてると、少し頬を紅潮させて言う。

「ボールを取った時に、左手がジーンてするの……ちょっと、気持ちいいかもしれません」

「それは大変だ。藤井の変態が感染した可能性がある」

「……？」

その時、初白が不思議そうな顔をして結城の方を見た。

「どうした初白？」

「結城さん……泣いてるんですか？」

「え？」

結城は自分の目の下を触った。

「……ああ、ホントだな」

確かに少し濡《ぬ》れている。

「ちょっとな……思い出したんだよ」

結城は袖《そで》で涙を拭《ぬぐ》いながら言う。

「ボール投げながらさ、親父のこと思い出してた。相変わらず声がデカくて、間違ってるわけじゃないんだけどイマイチわかりにくいアドバイス送ってきて……んで、嬉しそうだった」

ああ、そうだ。あの親父は自分と野球をする時は、怒鳴り散らす癖にいつもなんか嬉しそうにしていた。

そんな時の親父は嫌いじゃなかったから。練習はきつくても野球をすること自体は嫌いじゃなくて、むしろ自分にとっての父親との時間っていうのは、そういうものだったから。

「……俺は、親父に喜んでもらいたくて、野球をやってたのかもしれないな。そりゃ、死んじまったらやらなくなるわけだよ。はは、俺も藤井のこと言えないな」

ふう。

と一息ついた。

「初白。もうちょっとキャッチボール付き合ってもらえるか？」

笑ってそう言った結城を見て、初白も笑顔で答える。

「もちろんです。もっと手をジンジンさせてください!!」

そう言ってグローブをバシバシと叩く初白。

「いや、さすがにもう思いっきりは投げないぞ。初心者相手だと俺がコントロールミスったら危ないしな」

「……そうですか」

少し残念そうに肩を落とす初白。

ってか、服の下にアザとかある子に言われると反応に困るなそれ。

◇

それから、しばらく二人は河川敷でボールを投げ合っていた。

初白がボールを投げながら言う。

「結城さん!!」

「んー、どうしたー」

「なんで野球をやめた後、苦手な勉強を頑張るようになったんですか？」

「あー……」

結城はそのボールを取ると、右手の中でクルクルと回す。

「俺の住んでたところかなりの田舎でさ。親父が倒れた時に近所に一つだけある病院は満員だったらしいんだよ。それで、遠くの病院に運ばれたんだけどその間に死んじゃったらしいんだ。だからさ……」

結城はボールを投げながら、少しだけ恥ずかしそうに言う。

「医者になりたいんだよ。医師不足の地域で仕事する医者に」

あまり人に話したことのない夢である。目指した理由が単純すぎて少々こっ恥ずかしいというのもあった。

しかし、初白は結城の投げたボールを取ると、ニッコリと笑った。

「結城さんらしい、素敵な夢だと思いますよ」

「……」

その屈託ない笑顔が結城の心を軽くする。

全く、うちの彼女ときたら……どれだけ俺を嬉しくさせるのか。

「なあ、初白」

「なんですか？」

「大好きだ、いつもありがとう」

「……へ？」

投げようとしていた初白の体がピクリと跳ね上がり、ボールがあらぬ方向に飛んでいく。

「おいおい、どこ投げてるんだよ」

「ゆ、結城さんが急にそういう事言うから……」

そのボールを拾いに行った結城の背後で初白が真っ赤になって膨れていた。

「ご、ごめんごめん」

そして、言った後になって恥ずかしくなった結城も真っ赤である。

（ああ、いいな……）

と素直に思った。

親父とやってたときとは違う、こういう野球も。

「……見たか親父。オメーがプロ野球選手にしようとした息子は、今では彼女と楽しくお喋《しゃべ》りしながらキャッチボールとかしてるぞ。ザマアミロ」

結城はそんなことを呟いたのだった。

カー
カァー
やべ、いつの間にか何時間も投げ込んじまった
そろそろ上がろう
ごめんな、長々付き合わせちゃって
なんで謝るんですか？
え？
すごく楽しかったですよ
またやりましょうね
キラ
キラ
……結婚してえ

第六話　試験勉強と彼女

『二年A組、結城《ゆうき》祐介《ゆうすけ》くん。資料室まできてください』

「はあ。またか……」

放課後。結城はここ数日毎日のように聞いている校内放送で呼び出された。

「また、例のアレ？」

大谷《おおたに》がカバンに荷物をしまいながらそう聞いてくる。

「ああ、たぶんな」

「ふーん。それはまた、あの臨時コーチもご苦労なことね」

「大谷代わりに行ってくれないか？　代打オオタニってことで」

「アタシの運動神経は逆の意味で神がかってるのアンタも知ってるでしょ？」

「そういえばそうだったな……はあ」

結城は深くため息をついた。

◇

「それで、どうかな結城くん!!　野球部に入る気になってくれたかな？」

資料室に入ると同時に、応援団のごとき力強い声が結城をお出迎えした。

野球部の臨時コーチ、清水浩司《しみずこうじ》である。

「はあ。だから、何度もそのつもりはないって言ってるじゃないですか」

結城は呆《あき》れたような声でそう言った。

パイプ椅子に座る清水の隣には、困ったような顔をした初老の男性教師がいた。眼鏡をかけた気の弱そうなこの社会科教師は、立場的には野球部の顧問である。といっても実際に野球経験はないらしく、もっぱら試合の送迎やこうして清水に頼まれて資料室に結城を呼び出すなどの雑務を担当しているらしい。

頼まれるとあまり断れない人なので、押しの強い清水を相手にして色々と苦労していそうである。

「しかしねえ。僕としては君の才能をなんとか花開かせてやりたいんだよ。君と藤井《ふじい》くんがいれば甲子園も夢じゃないしね」

「そんな甘い世界でもないでしょう。第一、藤井はあんまりそういうことに熱を上げるタイプでもないですし」

「何を言うんだ。甲子園に行きたくない球児などいるものかね。僕も経験があるがアレは最高の舞台だぞ、藤井くんだって……」

「用件がそれだけならこれで失礼しますね」

「え？　あ、ちょっと結城くん!!」

「あと、今度から放課後に呼び出すのも勘弁してください。これでも勉強にバイトに忙しいんですから。特に今はそれどころじゃないんで」

結城はそう言って資料室を出て行く。

そう、今はそれどころじゃない。

結城たちの学校でも、夏休みを目前に控えた学生たちにとってのビッグイベントが待ち構えていた。

期末テストである。

特待生である結城にとっては、他の生徒に比べてもより気を引き締めなければならないイベントだった。

普段から相当先まで先取りして勉強しているとはいえ、必ず学年五位以内に入らなければならないシビアな戦いである。これまでは毎回一位を取っていたが、勝負事というのは野球でも勉強でも何が起こるか分からない。

残り二週間。しっかりと追い込みをかけなければ。

◇

「そういうわけで、少しの間、自習室にいる時間が長くなると思う」

いつも通り、就寝前の手を繋《つな》いで二人でゆっくりとする時間に結城はそう言った。

「期末テストですか……」

「帰りも遅くなると思う。ごめんな初白《はつしろ》」

家で勉強するよりも学校で勉強するほうが、いつでも教師に質問できるという点で圧倒的に効率がいい。特に定期試験ともなれば、受験よりも学校のテストに照準を合わせた勉強をするため実際に問題を作る教師たちに質問ができるのはありがたい。

「……」

少し沈黙する初白。

初白が結城と過ごす時間を何よりも大事に思っていることは知っている。だからこそ、こういうことはちゃんと言っておかなければならないと思ったのだ。

しかし、初白は穏やかな声で言う。

「いいえ。結城さんはお医者さんになるんですからそれくらいは当然ですよ……頑張ってくださいね」

「初白……」

「その代わり……今は甘えさせてもらってもいいですか？」

「……ああ、もちろん。むしろ、そういうこと言ってくれるの嬉《うれ》しいぞ」

結城がそう言うと、初白は繋いでいる手の指を絡めてさっきまでよりも体重を預けてきた。

密着度が上がって初白の体温がより伝わってくる。

「あったかい、です」

「ああ」

「結城さん、帰りの時間は気にせず頑張ってくださいね……温かいご飯作って待ってますから」

「初白……」

そこからは会話は無く、静かな時間が流れる。

静寂の中で、時計の音とお互いから伝わる体温だけが感じ取れる。

（ああクソ。これだよ）

結城は内心で頭を抱えていた。

この時間である。

初白が来てから結城の一日のスケジュールに組み込まれたこの心地よすぎる時間があるから、結城は自習室で勉強をしたかったのである。

最初は寝る前の少しの時間だけだったこの時間も、今では家にいるときはほとんどこうしていた。初白にとってだけでなく、いや、なんだったら初白以上に結城にとっては心地よい時間なのだ。家で勉強したらこの時間の誘惑に勝てないとは言わないが気が散ってしまいそうである。

普段の勉強なら変に根を詰め過ぎずにすんでちょうどいいくらいなのだが、期末試験前の追い込みでそれは非常によろしくない。

(……はあ。二週間かあ)

初めて期末テストが恨めしいと思った結城であった。

……ということを大谷に話したら「乙女すぎて胸焼けがするわ」とバッサリいかれた。

◇

それからの結城は、まさに勉強の修羅だった。

朝、普段よりも一時間早く学校について勉強、放課後は完全下校時間まで自習室で勉強。バイトの時間は自習している分後ろにずらしてもらっているため、帰りは深夜になる。家に帰ればすぐに食事をして寝るだけであった。当然初白とゆっくりと話す時間はなかった。

　それでも。

「行ってらっしゃい。結城さん」

「おかえりなさい。結城さん」

初白はいつもと変わらず家事をしてくれて、いつも通りの一言をかけてくれる。

だからこそ、結城も自分に活を入れた。

(イチャイチャする時間がないのを寂しいなんて言ってらんないな!!)

もっと勉強せねば。多少のケアレスミスがあったとしても絶対に一位は誰にも譲らない。

もっと……もっと……。

◇

「あー、それは寂しい思いしてるだろうね初白ちゃん」

結城が試験前モードに入って一週間たった昼休み。

相変わらず大谷に絡みに来た藤井がコーヒー牛乳を飲みながらそう言った。

「ああ、やっぱりそうなのかなあ」

昼食を手早く済ませ、教科書を開いていた結城が顔を上げる。

「まあ、そうでしょうね。アンタが思ってる以上に初白さんはアンタが好きだと思うわよ」

大谷も焼きそばパンを頬張りながらそう言った。

「そ、そうか？　いやー、照れるなあ」

表情を緩ませてデレデレした声を出した結城を見て、大谷は「あほくさ」と一言呟《つぶや》いてため息をつく。結城は解きかけだった問題を解きながら言う。

「……とはいえ勉強おろそかにするわけにもいかないしな」

「そう？　僕なら翔子《しょうこ》ちゃんに寂しい思いさせるくらいならテスト投げ出しちゃうよ？」

そう言って大谷にウィンクする藤井。

「そんなダメ男は願い下げだわ」

しかし、当の大谷には一蹴《いっしゅう》された。

「てか、んなわけにはいかんだろ。俺特待生だからな。今住んでるとこだってその補助で家賃まかなってるんだぞ？」

結城はそう言ったが。

「でも、翔子ちゃんは一人だからね!!　かけがえのないものは大事にしなきゃ!!　翔子、イズ、オンリーラブ!!」

前回の英語のテストで九十点をとったとは思えない英語力である。

だがまあ、気持ちは分からんでもない。

「そこのアホの言ってる妄言はひとまず置いといて、一回初白さんと話してみたら？　あの子は寂しくてもアンタの迷惑になるようなら絶対に我慢する子でしょう？」

「そうだな」

「ああ、あと初白さんね……」

大谷は言葉を続けようとして、首を横に振った。

「……いや、今言うことでもないわね」

「なんだよ気になるな」

「試験終わったら教えるわ」

大谷は食べ終わったパンの包装紙を器用に折りたたみながらそう言った。

◇

「おかえりなさい。結城さん」

「ただいま。初白」

バイトから帰った結城を初白がいつも通り出迎えた。

時刻はすでに十一時半である。これでもいつもよりは早く帰れたほうだった。

「ご飯できてますよ」

そう笑顔で言うのもいつも通りである。

「……ああ、ありがとう」

「どうしました、結城さん？」

「いや、なんでもない。それよりも早く飯にしよう。腹減って死にそうだ」

「ふふ。すぐ準備しますから待っていてくださいね」

結城がシャワーを浴びて部屋着に着替えて出てくると、大皿によそわれたカレーがテーブルに置かれていた。

「結構大盛りにしちゃいましたけど、よかったですか？」

「ああ、ありがとう。いただきます」

結城はさっそくカレーを一口食べる。

「……やっぱり、初白のカレーは最高だな」

「そんな、いつも食べてるじゃないですか」

初白はそう言いつつもスプーンを持ったまま自分は食べ始めずに、嬉しそうに結城の食べるところを見ている。

「ああ、いつも通りの味だな。だからいいんだよ」

野菜をトロトロになるまで煮込んだ初白特製のカレーは、素材の味がルーにしっかりと溶け込んでいてさっぱりしているのに味が薄いという印象がない。これも、ここ最近何度も食べているいつもの味だ。

結城は水を一口飲んで言う。

「料理だけじゃなくてさ。初白がいつもと変わらず家事やってくれて、家出るときに『いってらっしゃい』って言ってくれて帰ってきたら『おかえりなさい』って言ってくれるから俺は頑張れてるなって思うよ。本当に感謝してる」

「そ、そこまで感謝されちゃうと照れますね」

「……なあ、初白。もしかして無理に我慢してないか？」

結城は初白の目を真っすぐに見てそう言った。

色々と自然に聞き出す方法を考えていたが、あまり回りくどく聞くのはやっぱり性に合わなかった。初白は右手で髪を触りながら言う。

「いえ、そんなことは……私はいつも通りにしてるだけですから」

初白はいつも通りの笑顔だった。

「そうか。俺の勘違いならいいんだ」

まあ、右手で髪を触っていたせいで、言いたくても言えないことがあるのは分かってしまったが。どうしたもんかな……。

「あの、結城さん。私のことは本当に大丈夫ですから。試験の勉強に集中してください……」

申し訳なさそうにそう言ってくる初白。

ああ、このまま話を続けるのは逆によくないな、と結城は思った。初白にとっては自分のことで結城の勉強時間が削られるのが一番辛《つら》いことだろう。結城にとって試験勉強がどれだけ大事なことか分かっているからこそ、自分のせいでそこに集中できないようなことがあってはいけないと思っている。

(優しくていい子だよ。ほんとに)

ただ、結城としては今のまま初白をハイそうですかと放っておいては、逆に勉強に集中できそうにない。どうしたものかと思ったその時、モニターの横に参考書が置いてあるのが見えた。

今更結城が使うわけではないので、おそらく初白が使っていたのだろう。初白は結城が学校に行っている間、結構な時間結城の参考書で勉強しているらしい。

……これならいいかもな。

「なあ、初白。寝る前にもうちょっと勉強しようと思ってるんだけど、一緒にするか?」

「……え? でも、試験前はなるべく学校でやるんじゃ」

「少し気分変えたくてな……だめか?」

「……」

初白は少し悩んでいた様子だったが。

「……では、お邪魔でなければ、ご一緒に勉強させてください」

ゆっくりと首を縦に振ってそう言った。

◇

静寂の中に時計の針の音と、シャーペンのカリカリという音が響く。

結城は数学のノートの確認を、初白は英文読解の問題集をやっていた。

結城は自分の勉強をしつつ初白の方をチラリとみる。

背筋を伸ばして姿勢よく床に座っている初白のペンの動きはなかなかにスムーズだった。

結城ほどではないが、スラスラとノートに答えを書いていく。

「……前から思ってたけど、初白って相当勉強できるよな」

今初白が解いているのは、かなり難易度の高い問題集である。本来なら一年生の初白がスラスラと解いていけるようなものではない。初白の通っていた名門女子高はそれなりに偏差値が高いが、それでもここまでできる人間はそうそういないだろう。

「私も結城さんほどではないですけど、勉強くらいしかしてこなかったですから」

「そうなのか？　ああ、まあ携帯も持ってないしここに来て初めてゲームをやったくらいだもんな」

「はい。学校に行って終わったらすぐに帰ってきて家事をして勉強をして……今とあんまり変わらないですね。学校に行っていないのは少し不思議な感じがしますけど」

「初白……」

「だから、一人でゆっくり勉強しているのにも慣れてますよ」

そう言って結城に笑いかける初白。

やはり自分の髪の毛を触っている。今の言葉は結城を心配させないために言った嘘……というわけではないのだろうが、言っていない本心があるということだろう。

……とはいえ、無理に言わせていいものでもないと結城は思う。それは結城が初白の過去を自分から聞かないのと同じだ。こういうのは話したくなった時に話すのが一番いいと思っている。

ただ。

「なあ初白。さっき『私はいつも通りにしてるだけ』だから、感謝されるほどのことじゃないって言ったよな？」

「え？　は、はい」

「俺はさ、初白。『いつも通り』って結構凄《すご》いことだと思うんだよ」

大谷の言うように話したくてもなかなか話せない人間は確かにいて、自分の彼女はそういう子だと分かっているから。せめて、話しやすくはしたいと思う。

「いつもワガママばっかり言ってるやつがいつも通りにしてるのは全然すごくもなんともないんだけどさ。初白はいつも周りに気を遣ってるじゃないか。俺なんか言いたいことあったらすぐに言っちゃうからホントにすごいなと思うよ。初白がそうやって『いつも通り』にふるまってくれてることで、俺はものすごく救われてる」

結城は少し間を置いてから続ける。

「でもそれってさ、あくまで我慢だと思うんだよ。だから……もうちょっとさ。俺は初白にワガママ言ってほしいかな。全部に応《こた》えられるわけじゃないけど、なるべく応えたいと思ってるよ」

それだけ言うと結城は再びノートに視線をおとして自分の勉強に集中する。

初白はそのあとしばらくの間、ペンを持ったまま固まって結城が勉強する姿をじっと見つめていた。

◇

「それで、結局初白さんの気持ちは聞けなかったのね」

「ああ」

翌日の早朝。

いつものように結城が一番先に来て勉強をしているところに大谷がやってきて、昨日のことを話した。

「聞く限りじゃ寂しがってるのは明白じゃない。勝手に勉強の時間減らして初白さんとの時間作れば？」

「いや、そうはいかないだろ。そんなことしたら初白は、自分のせいで俺に迷惑をかけてるって気に病むぞ」

「……はあ。いい子過ぎるのも考え物ね」

大谷は呆《あき》れたようにそう言った。

「まあでも、俺は逆に吹っ切れたかな」

確かに結城の表情は先日までとは違う迷いのないものだった。

「初白がそこまで気を遣ってくれているならありがたく甘えさせてもらって勉強に集中してやるさ。んで……」

結城はグッと、決意と共に拳《こぶし》を握り締めて言う。

「試験が終わったら俺は一日休みを取る!!」

「休み？」

「ああ、バイトも勉強もその日は休む。その日はずっと初白と一緒にいるぞ。それで、その、デートとか誘ったりして……喜んでくれるかな？　そうだといいんだけどなあ」

「……」

大谷はガムシロップを一気飲みしたかのような何とも言えない表情になると、ため息をついて黙って椅子から立ち上がった。

「ん？　どうしたんだ大谷」

「ちょっと胸焼けがしたからブラックコーヒー買ってくるわ」

どういうことだ？　と結城は首を傾げた。

◇

期末試験の日がやってきた。

あるものは恐れおののき、あるものは今度こそいい点を取るぞと意気込み、あるものは俺には関係のないことだと割り切って前日まで徹夜でゲームをした目を擦《こす》っている。

そして、前回定期試験で一位の成績を取ったこの男、結城祐介はというと。

「……時は来た」

机の上に裏向きで配布された問題用紙を睨《にら》みつけていた。

「さあ来るがいい、捻《ひね》りつぶしてくれるわ……」

とてもこれから期末試験を受ける人間のセリフとは思えないが、全身から迸《ほとばし》る闘気と熱量を前にツッコミを入れられるものはいなかった。ドカリと木製の椅子に座りカッと目を見開いたその様は、まるで天下分け目の戦に出陣する将のごとき威容である。

「えー、それでは、始めてください」

試験監督の声と共に、結城は問題用紙をひっくり返した。

そして、現れる設問《敵兵》たち。一問一答、穴埋め問題、論述問題、多種多様な兵士たちが結城に襲い掛かる。

「いざ!!」

グワシィィ!!　と結城は大剣《シャーペン》を摑《つか》むと敵兵の群れに突撃していった。

「ふん。景気よく普段よりも難解な問題を並べているが……残念ながら貴様らはすでに蹴《け》散《ち》らしてきた相手よ」

すでに、試験範囲の問題はそらんじられるレベルで繰り返して体と頭に染み込ませてある。

結城が大剣《シャーペン》を振るごとに、次々と解答されていく問題たち。試験を作った教師が半分遊び心で入れた意地の悪いひっかけ問題も問題を作る側の意図すら理解できるほどに問題集を深く理解した結城はものともしない。

しかも、結城の体調は前回の試験の時よりも遥《はる》かに好調であった。これまでの結城は時間がもったいないと三食コンビニ弁当や外食に任せていたが、今は初白の栄養バランスの取れた美味《おい》しい飯を三食規則正しく食べているからである。頭の回転が体感で三倍は速い。

まさに一騎当千、天下無双。まだ二十分もたっていないのに、最後の設問を残して敵は全滅していた。

「ふははは、他愛《たあい》ない、他愛ないぞ、貴様らごときに愛する者との時間を奪われていたとは滑稽《こっけい》な話よ。さあ、最後の設問よ。貴様はどこまで俺を楽しませてくれ――」

「結城静かに解けー、減点するぞー」

「あ、すいません」

試験監督に注意されて結城は大人しく解き始める。

チラッと目の合った大谷が世界レベルのアホを見る目でこちらの方を見ていた。

ちなみに、最終設問は最後の論述問題が思ったより手強《てごわ》かったが十五分で解き終えた。ミスがなければ満点である。

◇

「……はい、それじゃあ問題用紙を前に送ってくれー」

期末試験三日目。最後のテストである数学Bの試験が終了した。

「今日は特に連絡事項もないからこれで終わりだ。皆気を付けて帰れよ」

そう言って試験監督を務めていたA組の担任教師が教室から出て行く。

最終日の三日目は三教科しかテストがないので、昼前に終了しそのまま下校となる。また、結城達《たち》の学校では試験終了日の部活動や委員会などは「勉強を頑張った分とにかく目一杯休んで遊ぶべし」と全面的に休みになる校長の粋《いき》な計らいがされており、皆この後の自由な時間をどうやって楽しもうかと明るい表情で考えていた。

「ふう」

結城は一息ついた。

「……お疲れ様。できはどうだった？」

後ろの席の大谷が筆記用具を片付けながら聞いてきた。

「正直、会心のできだったな」

結城は少し戸惑ったような様子でそう言った。

「なんつーか、今まで一番手ごたえがある。実際の勉強時間だけ考えれば今までで一番短かったのにな」

「へえ。もしかして彼女パワーかしらね」

大谷は半分くらい冗談の混じった口調で言ったが。

「もしかしなくてもそうだと思うわ。終わったらこれを初白に渡すと思うと無限の力が湧いてきたぜ」

そう言って結城がカバンから取り出したのは、某テーマパークの二人分のチケットだった。大谷は大真面目な顔でそんなことをぬかす友人を見て、心底呆《あき》れたように顔をひきつらせる。

「……はあ、はいはい。無限の力とかよく真顔で言えるわね」

しかし、大谷は少し間を空けると声のトーンを落として言う。

「……ねえ、結城。初白さんのことだけど」

「……どうした？」

「前に、初白さんの学校でのこと調べてみるって言ったじゃない？」

「ああ、そうだな」

結城も真剣な雰囲気を感じ取り、大谷の方を見る。

「あの時は、調べたことをアンタに言うつもりはないって言ったけど……やっぱりこればっかりは言うわ。中学の頃の同級生に連絡して調べてもらったんだけどね……」

大谷は少し間を空けると、予想もしなかった言葉を口にした。

「あの女子高に……初白っていう生徒はいないそうよ」

「……は？」

あまりに予想の上を行きすぎて結城の思考が一瞬停止する。

「いやいや、ちょっと待ってくれよ。いくらなんでもそれは」

初白は確かにあの学校の一年生の制服を着ていたのだ。制服だけでなくカバンやジャージもあの学校の物だった。

「アタシも分からないわ。今もう少し詳しく調べてもらってるところよ」

「……」

呆然《ほうぜん》とする結城に大谷は言う。

「悪いわね。アンタとしては黙っておいて欲しかったんでしょうけど、伝えておかないとアタシの気が済まなかったから」

「……いや、それはいい。教えてくれてありがとうな」

「ねえ、さすがにそろそろ初白さんに自分のことを話してもらったら？　まあ……そこはアンタの好きにすればいいと思うけどさ」

結城は手に持ったチケットをじっと見つめてしばらく立ち尽くしていた。

◇

大谷から予想外の事実を聞いた結城だったが、いつまでも混乱しているわけにはいかないので、ひとまずいつも通りに行動することにした。

試験は終わったが結城は復習を欠かさない男である。試験が終わった日は自習室で記憶が新鮮なうちに期末試験の問題を振り返るのだ。基本的に分からない問題は無かった今回のテストだが、思い出すのに時間がかかったり、解くのに手こずったところやケアレスミスの発生したところを自分なりに整理しておくのだ。

「……やっぱり、連立方程式を移項するときに符号変えるのをたまに忘れる悪癖はどうにかしないとだな。そのせいで無駄な時間食うことも多い」

試験前に気合いを入れて勉強をしても、試験が終わってすぐにここまでやる人間はなかなかいない。この徹底ぶりこそが結城を常に一位たらしめているのである。

本音を言えばすぐに帰って初白にチケットを渡したかったが、ここはグッと我慢である。ここで中途半端にしてしまえば初白に寂しい思いをしてもらってまで期末試験に集中した意味がない。

「……それにしても、本当にどういうことなんだろうな」

結城は先ほど大谷に告げられた真実を頭の中で反芻《はんすう》する。

もちろん、だからと言って初白に対する態度をこれまでと変えるつもりはない。初白は初白である。

しかし、大谷の言うようにそろそろ身の上話を聞いてみてもいいのかもしれない、とは思う。初白が基本的に言いたくても言い出せないタイプの人間であることは、重々分かっているのである。

……もちろん、躊躇《ちゅうちょ》するようなら無理やり聞き出すようなことはしないつもりではあるが。

「大谷から言わせれば、そこは強引にでも聞き出したほうがいいのかもしれないけどな」

まあ、それはともかく。

今はさっさと見直しを終わらせて、初白の待つ家に帰ろう。

◇

見直しが終わって学校を出ると、丁度昼過ぎくらいだった。

結城は小走りで帰り道を進んでいたが、いつものスーパーが目に留まった。

「ああ、せっかくだし、お土産にケーキでも買って帰るか」

なんか、大谷に見せられた女性誌の漫画で、単身赴任から帰った旦那《だんな》がケーキを土産に買ってきたシーンを見た記憶がある。自分が仕事にかかりきりの間、寂しい思いをさせてしまった詫《わ》びと家を守っていてくれた感謝を込めてということだろう。

見た当時は正直理解できなかったが、今となっては、なるほどなかなかに粋な計らいではないかと思う。

そういうわけで、結城がスーパーの中に入り、スイーツが並べられている製菓コーナーでどれがいいかと物色していると。

「あれ？　結城くんじゃないか」

「げっ」

チョコレートケーキと缶ビールをカゴ一杯に詰め込んだ清水浩司がいた。

「やあ」

清水は頬を吊《つ》り上げると結城の方に歩み寄ってくる。

「やあ、やあ、やあ、結城くん!!」

軽く頭だけ下げてさっさと逃げようかと思ったが、ここまで無駄にテンションを上げて迫られては無視するわけにもいかなかった。

「ど、どうも。清水コーチ」

「こーんなところで会うなんて奇遇だねえ!!」

「そ、そうですね。家この辺だったんですか？」

「いや、少し離れたところに住んでいるんだけどね。最寄りのスーパーが休業していてこっちに来たんだよ。いやー、凄《すご》い偶然だ。これはきっと神が結城くんに『野球部に入るべきだ』と言っているんだと思うんだけど、どうかな？」

そんな神は滅びてしまえと、結城は心底思った。

（はあ。なぜか、この人は苦手なんだよなあ……）

野球部にしつこく勧誘してくるということも大きいが、なぜかあまり話したくないと思ってしまうのである。普段から明るく快活そうにニコニコとしているので、付き合いにくいような人間ではないはずなのだが……。

結城は今までそういうことがなかったので、自分でも慣れない感覚に戸惑っていた。

「何度も言ってますが、野球部に入る気はありませんよ」

「まあ、そんなこと言わずに。勉強との両立だって君ならでき……ん？　結城くんもケーキを買いに来たのかい？」

「え？　ああ、まあ。試験も終わったのでお祝いにと思いまして」

家で待ってる彼女のためにとは言わないが、嘘は言ってない。

「ふむふむ、そうか。ああそれなら向こうに少し値段は張るけどおいしいやつが売ってるぞ。どれ、僕がとってきてあげよう」

「いえ、別にそこまでしてもらわな」

「ちょっと待っててね!!」

清水はそう言って、スタスタと別のコーナーに歩いていってしまった。

……このまま戻ってくる前にバックレようかな。そんなことを思った時。

「あの、結城さん。苦い顔してどうしたんですか？」

初白がいつの間にか近くに立っていた。

いつも通りの制服姿である。

「ああ、なんでもない。買い出しか？」

「はい。晩御飯の準備をしていたんですが醤油《しょうゆ》が足りなくなってしまって……」

「そうか。じゃあ、せっかくだから一緒に買い物しよう。カゴ持つよ」

「ありがとうございます」

結城は初白の持っている醤油のボトルが入ったカゴを受け取る。

「結城さんはスイーツコーナーで、何を買うつもりだったんですか？」

「あー」

結城はポリポリと頬を掻《か》く。

もちろん、素直に試験期間中に支えてくれたお礼にケーキを買おうとしていたと言えばいいのだが。

（……明日《あした》にするか。こういうのはなんとなくサプライズで買って帰るのがいいってイメージあるしな）

日常のささやかな驚きは大事である。

初白が来る前は全くと言っていいほど頓着しなかったが、ここ最近は意識している結城であった。藤井ほどではないが、こういうところに気を回すことができるようになった自分を少し褒めてやりたい結城である。

「いや、なんでもな」

「おーい、結城くーん。ケーキあったよー」

台無しである。なんと間の悪い男なのか。

清水は手に四角い高そうなケーキの箱を持ってこちらに歩いてきた。

「これこれ、このアイスケーキが結構おいしくて……」

「……ん？　どうしました？」

清水が急にその場に立ち止まった。

いったいどうしたんだ？　と結城がその視線の先を見ると。

「……」

初白が目を見開いてその場に固まっていた。

「おい、どうしたんだよ初白？」

「お父さん……」

初白の口から発せられた言葉の意味を最初は理解できなかった。

今、初白は何と言った？

「……小鳥《ことり》」

一方、清水も自然な口調で初白の下の名前を呼んだのだった。

第七話　彼女の生きる意味

「お父さん……」

「……小鳥《ことり》」

清水《しみず》のことをお父さんと呼ぶ初白《はつしろ》と、初白のことを下の名前で呼ぶ清水。

最初はあまりに予想外の出来事に理解が追いつかなかった結城《ゆうき》だったが、すぐにその意味を理解する。

（清水コーチが初白の父親？　いやでも、名字が違うし……）

などと、結城が考えているうちに清水はツカツカと速足で初白の前まで歩み寄ると。

「何をやっているんだ!!!!　お前は!!!!」

店中に清水の怒鳴り声が響いた。

普段から清水は声が大きく響くが、それとは大きさも質も違う子供を厳しく叱りつけるような声音である。

他の客たちが、何が起きたのかとこちらの方を見ている。

「ちょ、ちょっと。清水コーチ」

「あ、ああ……すまなかったね。驚かせてしまって」

結城の言葉で清水は一度呼吸を整える。その表情は普段のニコニコとしたものではなく、口元は強く結ばれ目元は吊り上がっていた。

「小鳥、今まで何をしていたんだ？」

先程よりは普段の口調に近いが、それでも相手を問い詰めるような口調で清水は初白に言う。

結城は初白の方に目をやる。

初白は俯《うつむ》いてその場に完全に固まってしまっていた。

「どうした？　黙っていたら分からないぞ」

「……」

俯いて黙ってしまう初白。

「聞こえなかったのか？　家を出て行方をくらませて、今まで何をしていたと聞いているんだ」

「……ぁ、ぁ」

初白は口を動かして答えようとするが、その口からは言葉にならない小さな息が漏れるばかりである。

その様子に清水はさらに眉間《みけん》にシワを寄せて言う。

「どうした？　早く聞いてることに」

「清水コーチ。待ってください」

見かねた結城が、清水の言葉を遮って言う。

今の状態の初白にまともに受け答えができるわけがない。

「その質問には俺が答えます」

◇

結城は清水の乗っていた車に初白と一緒に乗ると、助手席で自分のアパートまでの道を案内しながらこれまでのことを話した。

廃ビルの屋上で雨にうたれていた初白を家に上げたこと、それから彼氏彼女になり初白が落ち着くまで一緒に暮らしていたこと。全て包み隠さずに話した。相手は親である。この期におよんで隠してもしょうがない。

まあ、さすがに自殺しようとしていたことは黙っていたが。

「……なるほどね」

「本来なら、すぐに警察に届け出るところだったんでしょうけど、俺の判断でそれはしませんでした。そのせいで心配をかけてしまって申し訳ありません……」

そう言って頭を下げる結城。

清水はハンドルを操作しながらしばらく黙っていた。

結城も黙って次の言葉を待つ。叱られるのは覚悟の上である。正しい行動だったとは言い難《にく》いかもしれないが、自分のしたことは間違ってはいないと自信を持って言える。だから、叱責《しっせき》も真正面から受け止めよう。

そう思っていたのだが。

「いやー、よかったよ!!　結城くんのような子のところにいてくれて」

清水は普段の調子でニコニコしながらそう言った。

「え？」

先ほど初白にそうしたように厳しく叱責されると思っていたので、ポカンとしてしまう結城。

「怒らないんですか？」

「ん？　まあ、それは二の次さ。女の子が一人で急にいなくなって心配したからさー。悪い男に捕まってるんじゃないかってさ。さっきの話じゃ、不純異性交遊とかはしてないんだろう？」

「え、は、はい。それはもちろん」

「うむ。学生らしく、清く正しくて大変けっこう。小鳥は早くに母親を亡くしてね。そのせいか内向的な性格になってしまって不安だったんだが、結城くんのようなしっかりした彼氏ができて安心したよ」

「……いえ、初白はすごく気の遣えるいい子ですから。あ、そこの信号左折です」

「はいはい、了解。ああ、ちなみに、初白っていうのは死んだ僕の妻の旧姓だね」

なるほどそういうことだったのか。どうりで大谷《おおたに》が調べても初白という名字の生徒がいないはずである。結城があの雨の日の夜名前を聞いたときにとっさに母親の旧姓を名乗ってしまったのだろう。

「しかし、小鳥も結城くんには感謝しなくちゃな!!」

清水が後部座席に座る初白にそう言った。

「……はい。結城さん、ありがとうございました」

「ああ、いいんだよ。俺も初白といられて嬉《うれ》しかったからさ」

「うんうん。いいねー、初々しくて……あ、ここかい？　結城くんのアパート」

「あ、そうですね」

清水の車が結城のアパートの前で止まった。

「じゃあ、二人で荷物を持って来てくれ。僕はここで待ってるから」

「……はい」

結城はそう言って車から降りた。

初白も黙ったまま車から降りる。

そう、当然のことである。

初白はこれから荷物をまとめて本来の家である清水の家に帰るのだ。

二か月近く続いた二人の生活は、こうして唐突に終わりを迎えたのだった。

◇

「……」

「……」

部屋に上がった初白は、黙ったまま自分の荷物をまとめていた。

と言っても、部屋にはほとんど初白の物はなかった。元々今着ている制服と学生カバンに入るくらいの物しか持って来ていなかったのだ。生活必需品は結城が買ったものを使っていたので、後は大谷と一緒に買った服くらいのものである。

「……しかし、驚いたよ。清水コーチが初白の父親だったなんてな。だから、キャッチボール上手かったのか？」

「あ、いえ。一緒に野球をやるようなことはなかったですよ。でも、そうですね、お父さんの試合はお母さんとよく見に行ってました」

「ああ、それで初白もなんとなくコツとか分かってたのかもな……って初白じゃないか。清水小鳥だもんな」

「初白でいいですよ。結城さんにはそっちの方が呼ばれ慣れてますし……」

「そうか？　まあ確かに、俺もこっちの方が呼び慣れてるしな」

「はい……」

「……」

「……」

そこで会話が途切れた。

結城は部屋の中を見回す。

「あ、ゲーム機持っていくか？」

結城はモニターに繋がれているゲーム機を指さしてそう言った。

初白は首を横に振る。

「いえ、それは、結城さんのですし……」

「もともと初白のために買ったようなもんだからさ。初白がよければ遠慮なく持っていってくれよ」

「……」

初白はしばらくゲーム機をじっと見つめて黙っていた。

結城はそんな初白の答えを待つ。

数十秒はそうしていたが、やがて初白は小さく笑って言う。

「……そうですね。じゃあ、お言葉に甘えて」

「またやりすぎて体調崩すなよ」

「も、もうそんなにしないですよ」

初白は恥ずかしそうに言いながら、ゲーム機を丁寧な手つきでカバンの中に入れる。

それで準備は完了だった。

「……それじゃあ、行きますね」

「ああ」

初白がカバンと服を持って立ち上がり玄関の前まで行く。

「結城さん。今までありがとうございました」

初白がそう言って頭を下げようとしたその時。

「……待ってくれ初白。一つだけ聞いておきたいことがある」

「なんでしょうか？」

「初白……なにか、俺に言いたいことがあるんじゃないか？」

結城の言葉に初白が目を見開く。

「……どうして、そう思うんです？」

「さっき話してる時からずっと髪いじってたからさ。それ、気づいてないかもしれないけど、言いたいことあるけど言えない時の癖だぞ」

そう。さっきからずっと、いや、清水と会ってからずっとだ。

初白の髪をいじる癖が出続けていたのだ。

だから、何かあるのだ。

確実に。

言いたいけど、他人に迷惑をかけたくない初白が言えないことが。

「初白。前にも言ったけど、俺はお前にもっとワガママを言ってほしいって思ってる。できる限り応《こた》えたいと思ってる。だからさ、話してくれないか？」

結城は初白の目を真っすぐに見てそう言った。

しかし。

初白はすぐに目をそらして俯いてしまう。

「……いえ。何でもないですから」

「初白……」

「本当に、何でもないんです。私は……大丈夫ですから……」

「……」

その表情はとても大丈夫そうには見えなかった。

だが、これ以上聞いても初白は話してくれないだろう。無理に聞き出すということも……やはり、結城はしたくなかった。

「そうか……それならいいんだ。話したくなったら話してくれよ」

「……すいません」

「いいよ、謝ることじゃないからさ。それよりも、ゲームやりたくなったらやりにいっていいか？」

「はい、それはもちろん。待ってますね……」

初白は笑顔でそう言った。

いつもとは違う、ぎこちない笑顔だった。

◇

清水は車から降りて煙草を吸っていた。

「少し遅かったじゃないか二人とも」

「ああ、すいません、お待たせして」

結城がそう言うと、清水は煙草を地面に落として足で火を消した。

「いや、いいんだ。二人で過ごした思い出話もしたくなるだろうからね」

「……じゃあ、結城さん。これで」

「ああ」

初白が結城に頭を下げて後部座席に乗ると、ドアが閉められた。

清水はそれを確認すると、結城の方に歩み寄り小さい声で言う。

「結城くん。改めて、今まで小鳥の面倒を見てくれてありがとう」

「いえ。面倒を見るなんて。家事やってもらってましたし、むしろ俺が面倒見てもらってたくらいですよ……」

「ふふ。そうかいそうかい。小鳥の料理はなかなかのモノだろう？」

「はい。それはもう」

結城にとっては最高の味だった。疲れて帰ってきた後、初白の料理を食べるのが生きがいと言ってもいいくらいに。

「ああ、そうだ結城くん」

清水は煙草をもう一本取り出すと火をつけて一服する。

「少しの間小鳥とは会わないでもらってもいいかな？　親子でゆっくり今後のことを話す時間が欲しいからさ」

「……ああ、はい」

それはまあ、そういう時間も必要だろう。

「本当に君には感謝してもしきれないよ。落ち着いたらこちらから連絡させてもらうね

……ついでに野球部に入ってなんかくれると、もっと感謝するんだが……」

「それは、お断りします」

「そうかい……残念だ。本当に残念だよ」

清水はそう言って、運転席に乗り込むとドアを閉めた。

煙草は火をつけて咥《くわ》えたままだった。

◇

「……」

初白のいなくなった部屋で、結城は一人呆然《ぼうぜん》としていた。

自分以外は自分の部屋に誰もいない。それは、二か月前までは当たり前の光景だったはずだ。だが、今となっては……。

「これがあれか。心にポッカリ穴が空くってやつか？」

だとしたら、なんとも心の弱いことである。勉強とバイトだけの日々を顔色一つ変えずに繰り返してきた結城祐介《ゆうすけ》はいったいどこに行ってしまったのか。

しかし、いつまでも呆《ほう》けてばかりはいられない。

とりあえず、勉強をするかと机に向かう。

しかし。

「……あー、ダメだこりゃ」

全く集中できなかった。ここまで目が問題集の文字を上滑りするのは初めてである。

机の上に置いてある初白の使っていた問題集がやたらと目についた。

部屋の隅に置かれた初白が寝ていた布団も、料理に使っていた包丁や食器も、肌触りが気に入って使っていたバスタオルも。初白が持ってきたものは持って出て行ったはずなのに、この部屋には初白の存在が染みついていた。

「ファミレスで勉強しよう」

結城は財布と筆記用具と問題集を持つと部屋を出て行った。

◇

清水と初白を乗せた車が、二階建ての一軒家の庭に止まった。

清水と初白が長年二人で住んできた家である。

「……ついたぞ。小鳥」

「……」

「おい、早く降りろ」

「……はい」

初白は小さな声でそう返事をすると、車から降りて清水の後について行く。

玄関を開けて中に入ると、嗅《か》ぎなれた煙草の匂いが漂ってきた。壁にまで染みついたその匂いは、生家のモノであるはずなのに落ち着く感じは微塵《みじん》もしない。

結城の部屋は外から帰ってくると思わず一息つくような温かさがあったのにいったいこの差は何だろう、と初白は思う。

ガシャリ、と玄関のドアが閉まる。

清水の先ほどまでニコニコとしていた顔が、グニャリと歪《ゆが》む。

「……さて、小鳥。言い訳があるなら聞くぞ」

「……」

それが意味のないことを知っている初白は、目をつぶって歯を食いしばった。

直後。その頬に硬い衝撃が襲いかかった。

◇

　結城がファミレスにつくと、そこには見知った顔があった。

「あら、奇遇ね」

「やあ、結城」

　大谷と藤井《ふじい》である。

　空になって氷の解けたドリンクバーのコップがテーブルの上に置いてあるのを見ると、何か二人で話し込んでいたようである。

　藤井が結城の手にある問題集を見て言う。

「なんだ結城。テスト終わったばっかりだっていうのに勉強かい？」

「……ああ」

　結城は気のない返事をする。

　それを見て、大谷は眉《まゆ》をひそめて言う。

「結城……アンタ、何かあったでしょ？」

「いや、それは」

「そんなシケた面して『何でもない』は無しよ。第一、試験終わったのに初白さんと一緒にいないなんておかしいわ」

　睨《にら》みつけるように真っすぐこちらの方を射貫く目線をむける大谷に、結城は何も言うことができずに黙ってしまったが。

「諦《あきら》めなよ結城。翔子《しょうこ》ちゃんはこうなったら頑固だよ」

藤井は肩をすくめてそう言った。

「僕としても、我が親友が心配だしね。よければ、話してくれないか？」

「……ああ。そうだな。お前たちは初白とも仲良かったしな」

そう言って結城は二人と同じテーブルにつく。

とりあえずドリンクバーだけ注文し、今日起こったことを話した。

二人はまず、清水が初白の父親だったことを知ると驚いて声を上げたが、その後は黙ったまま真剣な目をして結城の話を聞いた。

結城もそんな二人に全てを話した。

大まかなことだけでなく結城が感じたことも。清水が初白の前では普段とは違う顔を覗《のぞ》かせたことも、初白が出て行く前に何か言い出せない本心があった様子だったことも、とにかく自分の感じたこと、分かったこと全て。

「……なるほどね」

一通り話を聞いた大谷は、ドリンクバーからあらためて持ってきたコーヒーを一口飲むと。

「とりあえず。結城……アンタは大馬鹿野郎だわ」

一切の遠慮なくそう言い放った。

予想していなかった言葉に結城は少しあっけにとられながら言う。

「ど、どういう意味だよ？」

「言葉の通りよこの大馬鹿。アンタ初白さんが何か言いたいけど言えないことあるって分かってたなら、どうして聞き出さないのよ」

「そ、それは……」

大谷はコーヒーカップをテーブルに置きながら続ける。

「第一、なんで簡単に清水の言うことハイハイ聞いて初白さん連れて行かせちゃったのよ。いくらアンタでも想像ついたんじゃないの？　初白さんは……帰りたくなかったって」

「……」

そうだ。確かにそれは結城にも想像はついていた。

もしかしたらそうなんじゃないかと思ってはいた。

でも……。

「でも、どうするかを決めるのは、初白だから……」

「結城、アンタ……」

「俺からああしてくれこうしてくれって言うのは……違うだろ。無理やり聞き出すようなマネはしたくない。別に今後会えなくなるわけじゃないしさ。それに、清水は初白の父親なんだぞ。心配に決まってるじゃないか。あと……あとさ」

　結城は手に持っているコップをグッと握りしめた。

「……親父が生きてるなら、一緒に暮らさせてやりたいじゃないか。いつまでもいるわけじゃないんだから……」

「結城……」

　かつて父親と練習する結城の姿を見たことのある藤井は小さくそう呟《つぶや》いた。

　一方、大谷は再びカップを持ち上げると、残ったコーヒーを一気にあおった。

「ふう……アンタの気持ちも理解できなくないけどね」

　そして、ガシャンとテーブルに叩《たた》きつけるようにカップを置いた。

「ねえ、結城。アンタはさ、人にああしろこうしろって言うの無意識に嫌うわよね。それは、たぶんアンタ自身が父親に野球をすることを強要されてきたからだと思うのよ。アンタ自身はそこまで嫌じゃなかったって話だけど、無意識にそれが正しいことじゃないって分かってて、無駄に優しいアンタはそれを人にしたがらない」

「……そんなことは」

　ない、と言おうとして言葉が出なかった。それほどに大谷の言ったことは結城にとって心当たりがあることだった。

　確かに結城には他人に何かをさせるのを避ける癖がある。特に相手が一度拒否したときは、すんなりと引き下がる。初白と手を繋ごうとしたときも、朝ご飯を作ってもらおうとしたときも、プレゼントをしようとしたときも、今回のこともそうだ。基本的には相手がその気になるまで待つか、その気になってくれるように遠回しに頼んだりするだけだ。

「まあ、なぜかアタシには遠慮なく頼み事してくるのは後で問い詰めるとして。アンタはお節介をしたくてもそれを強要はしたくないのよ。それは、立派な考えだと思うし、そんなアンタだからこそ初白さんはアンタの傍で安心していられたんだと思うわ……でもね」

　大谷は結城に顔を近づけて言う。

「強引なお節介は別に悪いことばっかりじゃないわ。服を買いに行ったとき、アタシはアンタに強引にアンタの分の服を買わせたわ。あれは、ただ迷惑なだけだったかしら？」

「……いや、初白がすごく喜んでくれた。カッコいいって言ってくれたしな。嬉《うれ》しかったよ」

「そういうことよ。今だってそう、さっきアタシが強引に話しなさいって言ったから、アンタはこうしてアタシたちに自分の話を打ち明けられてる」

「……」

「アンタでさえそうなのよ結城。あの初白さんよ？　多少は強引にお節介やかないとあの子は絶対に我慢し続けるわよ……それこそ、また飛び降りようとするまで」

「……なんでそのこと知ってるんだよ」

「服選んでるときにね、聞いたのよ話の流れで……んでね。自殺しようとしたことについてだけど」

大谷は携帯を取り出して画面を操作する。

「アタシは最初、学校でのイジメを疑ったわ。あの子はまああんな感じだから、同級生と上手《うま》くコミュニケーションとれてなかっただろうって、服選んでるときに見えた体の痣《あざ》と傷跡もそれでできたものなんだろうって。でもね……ついさっき、あの女子高を調べてもらっていた友達から連絡が来たわ」

大谷がテーブルの上に携帯を置いた。

画面にはメッセージのやり取りが映されている。

その内容は、初白という名前の生徒はいないが一年生に二か月前から不登校になった生徒がいるというもの。おそらくこれは初白のことだろう。清水小鳥という名前で調べてもらえば、この生徒が初白だと分かるはずだ。

そして、目を疑ったのはそこから先の内容だった。

「……イジメは……無かった？」

「ええ。正確には最初はちょっかい出す子たちもいたんだけど、ある日、冗談半分で突き飛ばしたら初白さんが派手に転んで頭から血を流したらしいのよ」

しかし、そのときの初白の反応が異常だった。

血のしたたる顔で、表情一つ変えずに「すみません」とただ一言謝ってきたのである。

「突き飛ばした子たちはゾッとしたらしいわ。まあ、明らかに異常な反応だしね。それ以降、誰もあの子に関わろうとしなくなった。それなりに頭のいい学校だしね。明らかに危ういものには下手に触れないくらいの計算は働いたんだと思うわ」

後にも先にも、初白が学校で怪我をしたのはその一回だけとのことである。

それ以降は無視をするわけではないが、皆距離を置いて最低限の関わりだけするようになったという。

「待てよ……じゃあ、初白の怪我や痣は……」

初白は一緒に勉強をしたときに、学校に行って終わったらすぐに家に帰るだけの生活だったと言っていた。

あの言葉に嘘がないとするなら……初白が怪我をする場所とその原因はもうアレしかないのではないだろうか？

「ねえ、結城。アンタのお父さんがどうだったかは知らないわ。ただ、初白さんの父親は、清水は、アンタの目から見て『いいお父さん』に見えたの？」

大谷の言葉に、結城は改めて清水の初白に対する態度を思い出す。

威圧的な言葉、命令口調、怒りを隠そうともしない表情。

それは、結城の父親もそうだったのだが、明らかに質の違うもので……。

「ねえ。結城」

先ほどまで黙っていた藤井が口を開いた。

「僕はあの人から指導を受けてる。凄《すご》く分かりやすくて深い指導をしてくれて助かってるんだ。さすが元プロ野球選手だなっていつも感心する。でも、いつも思っていたことがあるんだ……」

藤井は声のトーンを落として言う。

「目が一切笑ってない。ニコニコして明るい声を出しているのに、見てると怖くなるくらいに」

それは、結城も覚えていた違和感だった。

たぶん、清水のことをどこか話しづらいと感じていたのは、顔は笑っているはずなのに微塵《みじん》も楽しそうではないからで、そんな人間と初白はずっと生活してきて、そして今もその男と一緒にいるのだ。

「……初白っ!!」

結城は気が付いたら立ち上がっていた。

それを見て藤井は言う。

「清水コーチの家なら、市立高校のところの焼き肉屋の向かい側にある赤い屋根の二階建ての一軒家だよ」

「ありがとう藤井……なあ」

「ん？　どうしたの？」

「もしかしたら……お前や野球部の連中に迷惑かけるかもしれない」

藤井はコップに入った氷を一つ口に入れると、コリコリと噛《か》みながら。

「んーまあ、……好きにすればいいんじゃないか？　何かあったら、僕はジャンボパフェで手を打つよ」

そう言って小さく笑った。

「ああ、いくらでも奢《おご》ってやる」

結城はそう言い残すと、千円札をテーブルの上に置いてファミレスを飛び出した。

◇

人は痛みに慣れることなんてない。

ただ、反応をすることにすら疲れてしまうだけだと、初白は思う。

「まったくお前は、俺に無駄な手間をかけさせやがって」

清水がそのゴツゴツとした大きな手で初白の胸倉を掴《つか》み上げる。

「……ご、ごめんなさい」

「謝ればすむと思ってんじゃねえぞ!!」

怒鳴り声と共に床に叩きつけられる。

肺から息が絞り出されて声にならない呻《うめ》きが口から洩《も》れた。

苦しい。けど、叫ぶこともできない。

「俺が暑い中、生意気な高校生のクソガキどもの相手してるときに、お前は男と楽しくイチャイチャして遊んでましたってか？　ふざけてんのか？」

「す、いませ……」

「だから、謝ってすむ話じゃねえって言ってんだろうが!!」

腹をサッカーボールのように蹴《け》り飛ばされる。

ズシンという芯《しん》まで響く衝撃に、初白の全身が痙攣《けいれん》する。

清水は怒りのあまり肩で息をしながら言う。

「はあ、はあ……ふざけやがって……ん？」

初白が倒れた拍子に初白の学生カバンの中身が床に転がっていた。

清水はその中のあるものに目をつける。

「何だこの四角い箱は？」

それは、出て行くときに結城に渡されたゲーム機だった。

結城が自分のために買ってくれた、夢中になってやった、結城と一緒に笑いながらプレイしたゲームである。

「ああ、なんかCMでやってたゲーム機か……あれか？　結城のやつにプレゼントされたのか？　くだらねえ。こんなもの……!!」

清水がゲーム機を床に叩きつけようと両手で持って振り上げる。

「だめえっ!!!!」

「なっ、お前っ!?」

初白は必死で清水に飛びかかると、その手からゲーム機を奪い取る。

「……おい、お前今なにした小鳥？」

「あ、あの、それは……」

やってしまってからしまったと思った。

清水が一層怒りに満ちた形相で床に転がる初白に歩み寄ると。

思いっきり踵《かかと》で踏みつけてきた。

「か……はぁ」

再び初白の口から声にならない呻きが漏れる。

それでも清水は止まらなかった。何度も何度も蹲《うずくま》る初白を踏みつける。

「なんだ、逆らうのかお前は？　親に？」

何度も何度も。怒鳴り散らしながら。

初白は身動きをすることもできず、ただ身をすくめて苦痛に耐えることしかできない。

それでも、思い出が詰まったゲーム機は両手で守るようにギュッと抱きかかえる。

「お前は!!　誰のっ、稼いだっ、金で!!!!　飯を食ってると、思っているんだ!!」

頭上から激情にまみれた父親の声が降り注ぐ。

……意識が飛びそうな苦痛の中で、初白は思う。

どうしてこうなってしまったんだろう、と。

少なくとも最初は、初白が七歳になるまでは幸せな家族だった。

綺麗《きれい》で時々厳しいけど優しいお母さん、お父さんもプロ野球選手ということであまり家には帰ってこられなかったが、それでも帰ってきた時は三人で近くのレストランに行ってご飯を食べた。初白のお気に入りはホットケーキセット。そんなもの家でも作れるのにというお母さんをお父さんがなだめていたのをよく覚えている。

三人とも笑顔だった。

ところが初白が七歳のとき、母親が事故で死んだ。

その日、母親と二人でプールに行った帰りだった。途中でアイスが食べたいとワガママを言った初白が、母親が止めるのも聞かずに向かい側のコンビニに向かって歩道を渡ろうとしたとき、スピード違反のワゴン車が突っ込んできたのだ。

母親はとっさに初白を助けて車に轢《ひ》かれた。

病院に運ばれたが、知らせを聞いた父親が駆けつけたころにはすでに息を引き取っていた。初白は死ぬ直前に母親の言った言葉を、鮮明に覚えている。

ごめんなさい、ごめんなさい、私がワガママを言ったから。

ワゴン車は確かに大きくスピード違反をしていた。しかし……歩行者信号は赤だった。

飛び出したのは自分だ、だから死ぬべきなのはお母さんじゃなくて自分のはずなのに……。

泣きじゃくりながら謝る初白に母親はかすれた声で言う。

『私こそ、ごめんね小鳥……いい子でね。私の代わりに、お父さんを助けてあげてね……』

初白はその言葉を深く深く胸に刻んだ。

はい、お母さん。

私、いい子にします。頑張ります。お母さんの代わりにお父さんを支えられるように。

父親は野球を引退していたこともあり、家にいる時間も前よりは増えていたがその間はずっと自室に引きこもって泣いていた。それが収まっても父親は笑うことがなくなっていた。

そして、ある日から父親は初白に母親がいたときはしなかった躾《しつけ》をするようになる。

『遊んでばかりいないで、勉強をしろ』

と言われた。当然初白は母親に言われたように、父親を支えようと頑張った。

はい、お父さん。いい子にします。

その日から、初白は一切遊ぶことなく学校の勉強を頑張った。ただ、必死に勉強していい点を取っても、父親は笑ってくれなかった。

『家事くらい手伝ったらどうなんだ？』

はい、頑張ります。

初白はその日から家の家事の一切を引き受けた。

それでも父親は喜んでくれない。

『女なんだから料理の一つでも作れるようになれ』

はい、頑張ります。

初白はその日から母親が作っていた料理のノートを使って勉強した。

必死に練習した、父親が笑顔になってくれるように。ただ、どんなにおいしく作ったつもりでも、父親は無表情で何も言わずに食べるばかりで笑ってはくれない。

ある日、初白が帰り道で野良猫と戯れて暗くなってから帰ると、父親は怒りも露《あらわ》に初白の頬をビンタした。

『心配させるな!!　馬鹿野郎』

あの時はたぶん、まだ、初白を心配してつい手が出てしまったのだと思う。

しかし、それ以降、父親の暴力はエスカレートしていった。

殴られる、蹴られる、張り飛ばされる、煙草の火を押し付けられる。

そんなことが日常茶飯事になったが、初白はそれでもいいと思っていた。それで母親が死んでから笑わなくなった父親の気が晴れるなら。

見ていてくださいね、お母さん。私がお母さんの代わりにお父さんを支えますから。

お父さん。私は大丈夫だから、また笑ってください。

そしてそのまま時は過ぎて……。

二か月前の強い雨が降る日。

初白は母親がよく作っていたカレーの味を偶然完璧《かんぺき》に再現できた。

ずっと探していた味である。父親に母親が初めてふるまったのもこのカレーだったらしい。これなら喜んでくれるに違いない。

初白は晩御飯にそのカレーを出した。

父親はそれを一口食べると、動きを止めた。

おいしい、と笑顔になってくれるだろうか。そう期待に胸を膨らませたが。

父親はおもむろに皿を持って立ち上がると。

『……お前、アイツを亡くした俺に対するあてつけか？　それとも、まさか自分がアイツの代わりになれるとか思ってたのか？』

そう言ってカレーを皿ごとゴミ箱に捨てた。

頭が真っ白になった。

その後、いつものように怒鳴りながら叩《たた》かれたが、その辺りはよく覚えていない。

ただ、自分のしていたことは無駄だったのだと思い知って。

自分は今まで何のために生きていたんだろうと思った。こんなに辛《つら》くて痛くて苦しい思いをして。

……少しでも楽になりたいと思った。

だから気が付けば最低限のモノを学生カバンの中に入れて、家から出ていた。

フラフラとさまよって気が付けば、廃ビルの屋上にいた。

柵《さく》を乗り越えて足元を見る。

ああ、楽になれそうだ。

素直にそう思って吸い込まれるように体を投げ出して……。

その時、声が聞こえたのだ。自分と年の近い男の子の声が。

「……つ……しろ」

そう。こういう声だった。どこか優しくて落ち着く声。もしかしたら、あの時からもう、なんとなくだけどあの人に惹《ひ》かれていたのかもしれない。

「初白!!」

「……え？」

居間の入り口に汗だくで肩で息をした結城が立っていた。

◇

遡《さかのぼ》ること十分ほど。結城は近所の市立高校に向かう坂を走って登っていた。

息が苦しい。

ああクソ、持久力落ちたな。

急斜面と日が落ちているのに蒸し暑いアスファルトが結城の体力を奪っていく。

足の感覚が無くなってきていた。

それでも、走る。

腕を振って重たい体を前へ前へ。

なぜそこまでするのか？

そんなことは決まっている。

（俺の彼女が待ってるからだ……）

思えば最初から初白は、人に触られることに異常なほど怯《おび》えていた。制服の下に見える痣《あざ》と傷跡。そして誰かの迷惑になることを異様なまでに恐れていた。

何か重いものを背負っているのはすぐに分かった。

でも。

　それでも、初白は結城の思いに精一杯応《こた》えようとしてくれる優しい子だった。

『美少女が死ぬのはもったいないから付き合ってくれ』なんていう勢い任せでアホな告白も、真っすぐな気持ちが嬉《うれ》しいと受け入れてくれた。

　手を繋《つな》いでほしいという願いに、怖がりながらでも結城の手を握ってくれた。

　結城のために毎日おいしい料理を作ってくれた。

　そして何よりも。

　青春が勉強とバイトばかりで埋め尽くされて上手に恋愛なんてできない結城が、結城なりに喜んでもらおうと考えたことを。

　大谷からは分かりにくいと言われる結城の不器用な思いやりを。

　初白は分かってくれて、理解してくれて、喜んでくれたのだ。

　他に無いだろう。こんな嬉しいことは。

　他にいないだろう。こんな優しい子は。

　だから、結城は力の限り走る。

　待っていてくれよ、俺の彼女。今いくからな。

　坂を登りきると市立高校が見えた。その外周を右回りに回ると、黒い看板の目立つ焼き肉屋がある。

　その向かい側……あった。赤い屋根の一軒家。

表札には『清水』の文字。

残った力を振り絞って玄関まで走り、インターホンを鳴らそうとしたとき、中から清水の怒鳴り声と大きな物音が聞こえてくることに気がついた。

何が起こっているのかなんて、考えるまでもない。

とっさに玄関の扉に手をかける。鍵《かぎ》はかけられていなかった。

そして、結城の目に飛び込んできたのは……予想通りの、最悪の光景だった。

「初白!!」

気がついたら結城は叫んでいた。

「……結城、さん？」

初白は血の気の失《う》せた顔で床に蹲《うずくま》っており、その体を清水が踏みつけている。

何をしていたかなど明白である。

結城の頭にカアッと血が上った。

「清水てめえ……今すぐその足をどけろ」

「はあ。参ったなあこれは。不法侵入は犯罪だよ結城くん」

清水は結城に言われた通り、初白から足をどけながらそう言った。

いつものようにニコニコとした笑顔だった。しかし、その目は確かに先ほど藤井が言っていた通り、一切笑っていない。

お前にだけは犯罪だなんだと言われたくねえよ。と結城は心底から思った。

「結城さん……なんで……」

「何度も言わせるなよ。彼氏だからに決まってるだろ」

結城は優しい声でそう言うと、清水に正面から向かい合った。

「あー、結城くん。これは僕たちの家の問題でね。彼氏とはいえ部外者の君に首を突っ込まれると迷惑なんだが……」

この野郎……この期に及んでいけしゃあしゃあと。

結城は奥歯を噛《か》みしめる。

「……お前、自分が何しているか分かっているのか？」

初白に言葉をかけたときとは真逆の、厳しく糾弾するような声でそう言った。

しかし、清水は表情を変えずに言う。

「何かと言われれば、あれだよ……躾だよ」

「躾……だと？」

「ああそうとも。躾だとも。親に行き先も伝えず家出をして、二か月も学校にも行かずに男の家に転がり込んでいた悪い娘に教育をしているのさ。今後このようなことがないようにってね？　おかしなことではないだろう？」

行方不明者届の一つも出さずにいた親が何を言ってるんだ。どうせ、初白への虐待がバレるのを恐れてたんだろう。

「そんなボロボロになるまで殴るのが教育か？　ふざけるなよ」

「それは教育方針というやつだよ。言うことを聞かない子供を躾《しつ》けるにはこれぐらいは当然さ。清水家ではそうなっているんだよ」

全く悪びれる様子のない清水。

ダメだこの男は。

自分の親父も少々の体罰は上等な人間だったが、この男は全くベクトルが違う。

話しても無駄だと判断した結城は言う。

「……警察でも同じことを言ってみるんだな」

清水の眉《まゆ》がピクリと動いた。

そう。結城にこの現場を見られた時点で清水は詰んでいるのだ。いくら詭弁《きべん》を並べたところで、これだけ明確な証拠が初白の体に刻まれていれば言い逃れができるはずもない。

清水はふう。とため息をつく。

諦《あきら》めたか？　と思ったが。

「通報するかい？　いいよ。すればいいさ」

「なに……？」

とても追い詰められた人間とは思えないその態度に眉を顰《ひそ》める結城。

清水は結城の方に向かって歩いてくる。

ゆっくりとした動きだったが、身長１８０センチ台後半の大柄な大人がこちらに向かって来るのはかなりの迫力だ。

やがて結城の目の前まで清水がやってくる。

そして。

ドン、と結城の腹部に衝撃が走った。

「ごっ……」

清水が結城の腹に容赦のない膝蹴りを入れたのである。

「ぐっ……あっ……」

内臓が悲鳴をあげ、口から嗚咽が漏れる。

なにするんだ、と言おうとしたが横隔膜が痙攣して言葉にならない。

そんな結城に清水は容赦なく右手を振りかぶる。

ミシリ、という骨が軋む音とともに今度はこめかみに衝撃が走った。

結城は床に転がり蹲る。

「結城さん⁉　やめて、やめてください、お父さんっ‼」

初白の悲痛な叫びが部屋中に響き渡る。

なんとか上体を起こして清水の方を見るが、その目に血が入って視界が滲んだ。

どうやら頭から出血したらしい。

血で滲んだ視界に映るのは、こちらを上から見下ろす清水の表情。

あいかわらずの目が笑っていない作り笑いは、人として大事な何かを無くしてしまっているように感じる。

「ああ、そうとも。通報したければすればいい。その代わり、僕は全部世間に公表するし学校の関係者にも話すよ？　僕がどんな虐待をしていたかも、君たちがこの二か月一緒に住んでいたことも」

「それは……」

結城が一瞬言葉に詰まったのを見て、清水は頰を吊《つ》り上げると畳みかけるように言う。

「いいのか？　周りに迷惑をかけるぞ？　特待生の資格はどうする？　高校生同士とはいえ学校からの家賃補助で借りている部屋で二か月も二人暮らしをしたのはマズいんじゃないか？　不純異性交遊はしてないって言っても信じてくれる大人なんていないぞ？　悪ければ退学……まあ少なくとも特待生の枠からは外されるだろうねえ。それにコーチの僕が虐待で捕まったら当然野球部は長期活動停止だ。君の親友の藤井くんも甲子園には行けなくなる」

「藤井？　アイツはあんまりそういう事は」

「ああ、君は聞いていないんだね。藤井くんはここ最近はほとんど毎日完全下校時間ギリギリまで練習しているよ」

　藤井のやつ……そんなことは一言も言ってなかったのに。

「君は将来の夢のために必死になって今まで頑張ってきたはずだ、そして君の親友の藤井くんも野球を本気で頑張り始めた。きっと甲子園を目指したいんだと思うよ。小学校の頃からなんだかんだ言って続けてる好きな野球でね。それに君は一番肝心なことを忘れてないか？」

　清水は床に横たわる初白の腕を持つと強引に引きずり起こす。

「小鳥の気持ちも考えたらどうだい？　世間に自分が虐待を受けていましたと公表されて、君と藤井くんに取り返しのつかない迷惑をかけることになるんだぞ？　この子がそんなこと望むはずないだろう？　なあ、小鳥？」

　そう問われた初白はゆっくりと頷《うなず》いた。

「なら、お願いをしなくちゃね。結城くんにさ」

「……結城さ……ん」

　初白はかすれた声で絞り出すようにして言う。

「来てくれて、ありがとうございます……私は、それだけで嬉しいですから、その気持ちだけで十分ですから……」

「初白……」

「結城さんは優しい人だから、だからこそダメですよ……私は大丈夫。ずっとこうでしたから……」

初白は傷だらけの体で震えながら、笑顔を作って言う。

「……お医者さん、本当に素敵な夢だと思います。ずっと応援してますよ」

まるで、今生の別れの言葉のように。いや、実際に今後は結城と会わないつもりで言った言葉だろう。

ああ、分かっていた。

分かっていたさ。初白がそういう女の子だということは。

きっと、父親である清水も分かっているからこそ、こうして平然としているのだ。

「そういうことだよ結城くん」

清水は煙草を取り出して火をつけると口に咥《くわ》える。

「まああれだ、冷静になりたまえよ結城くん。一人の女のためにこれまで積み上げてきたモノを捨てるなんて馬鹿げているだろう？　女なんて小鳥以外にも世界には何十億人といるんだ。恋がしたいなら小鳥のことなどキレイさっぱりと忘れて、新しい相手を探せばいいさ。それが賢い生き方ってもんだ」

「……なるほどな。清水、お前の言うことはよく分かるよ」

結城はふうと一息ついて冷静な声で言う。

「確かに、俺は医者になるためにこれまで頑張ってきた。初白と過ごした二か月のことを悪意のある伝え方で学校に報告されれば、きっと特待生ではいられなくなる。そしたら金のない俺はあの学校を去らなくちゃいけなくなる」

「うんうん。その通りだ。頑張ってきたことが無駄になるね」

「藤井のやつもさ。今ちょっと嬉《うれ》しかったわ。ようやくアイツが本気になってくれて。きっとアイツは凄《すご》い選手になるよ。それを心から応援したいと思う」

「そうだね。彼は才能がある。君も部に入ってくれるなら本気で甲子園を狙えるさ。それはプロだった僕から見た偽りのない本心だ」

「んで……初白が自分のせいで俺たちの夢が台無しになるのは、絶対に望まないのも分かってる。そんな子だから俺は大好きになったからな」

「分かってくれたようで何よりだよ。さあ、では帰りなさい結城くん。帰って小鳥のことなど忘れて今まで通りの生活を送るんだ」

清水は結城にもう用はないと、初白の方を見る。

その表情が邪悪に歪《ゆが》んだ。

「さあ、小鳥。続きだ。まだ話は終わってないぞ。今回は特別キツイお仕置きだ。口を開けろ。今後同じ過ちを犯さないように強く痛みを刻んでやる」

そう言うと、清水は咥えていた煙草を手に持つ。

そして、初白の舌にその火を押し付けようとした。

その時。

「──見くびるなよクソ野郎」

バキィ。

と、清水の体が横からの衝撃を受けて床を転がった。

「ご、あっ。な、なにが……」

突然の出来事に困惑する清水。

結城はそれを見下ろしながら、ついさっき清水を殴り飛ばしてジンジンと痛む右手をグッと握りしめる。

「初白、大丈夫か？」

結城は初白の下にしゃがみ込むと、その体を優しく起こした。

「……結城さん。なん……で」

信じられないという顔をする初白に結城は言う。

「何度も言わせるなって。俺はお前の彼氏だろ？」

「テメエ……」

清水はよろめきながら何とか立ち上がっていた。

その表情はもう作り物の笑みすらない。憎悪で醜く歪んだこの男の本性を表すかのような顔だった。

「結城テメエ、何をしやがる!!　分かっているのか？　俺がその気になったら」

ああ、分かっているとも。

俺は特待生の資格を剝奪《はくだつ》されて学校にいられなくなる。

藤井はせっかく頑張りだした野球で甲子園に行く道が閉ざされる。

初白はその罪悪感で苦しむことになるだろう。

だが。

「それがどうした？」

結城はそう言い切った。

「なっ!!」

驚愕《きょうがく》する清水。だが、それ以上に驚いたのは初白だった。

「ダ、ダメですよ結城さん!!」

「そうか？　医者になるくらい学校行けなくなっても何とかなるだろ。高認試験受ければいいしな。後はアレだ。野球部の他の連中は知らないけど藤井にはジャンボパフェ奢《おご》って謝りまくる。許してもらえるまでしつこくな」

「そんな……」

初白は首を横に振る。

「ダメですよ……結城さんはこれまで、頑張って来たじゃないですか」

「そうだな。だからまた頑張ればいいんだよ。んで初白。お前がこうして現に罪悪感で苦しんでるわけだけど」

そう。初白にとってそれは、何よりも耐えがたい苦痛なのかもしれない。父親の暴力よりも。

だが。

結城はニヤリと口元を歪める。

「そこは無視することにした」

「……はい？」

きょとんとする初白。

お、久しぶりにかわいい表情見れた気がするな。

「もうそこは初白に配慮するのは止めた。お前のそういう優しさに付き合ってたら際限ねえわ。だから、俺は俺がお前を救いたいから勝手に救うことにしたぞ。つか、もう清水殴っちゃったし。今更遅いんだよ。諦めて俺に助けられろ」

「……」

ポカンと口を開けて唖然《あぜん》とする初白。

うん、ウチの彼女はそんな表情もかわいいな。

「あとなんだっけ？　ああ、虐待されてたのが世間に公表されたらうんぬんかんぬんだっけ？　お嫁に行けない的なやつか？　それなら話は簡単だな」

結城は初白の両手を取って言う。

「そん時は俺が嫁にもらう。それでいいか？」

「え、は、はい。私でよければ……ってええ!?」

「よし。これで全て解決した」

結城は腕組みをしてふんと唸《うな》ると、初白に笑いかける。

「どうだ初白。これがワガママの言い方ってやつだ。凄いだろ？」

「結城さん……あなたは……本当に、いつも……」

「ふざけてんのかテメエ!!」

清水が殴られた右の頬を押さえながらそう叫んだ。

「ふざけてなんかないぞ。俺はだいたいいつもガチだ。ガチすぎて体育の授業中に空気読めと言われたことがあるくらい本気の男だ。お前は大きな勘違いをしているな。さっき、女なんぞ沢山いるから頑張ってきたことをこいつのために犠牲にするのは愚かだって言ったよな」

いいかよく聞けこの野郎。

「逆だ。生き方や夢にたどり着く方法なんていくらでもある。だがな、初白は一人しかいないんだよ。こいつと出会って灰色だった世界が色づいた。もう俺はこいつの作る飯食って寝る前にイチャイチャしないと調子出ないんだよ。だから替えなんか利かねえのさ」

堂々と言い放った結城に対して、清水は苛立《いらだ》ちを最大限まで募らせたのか頭をガリガリと音がするほどに掻《か》きむしりながら、初白の方に言う。

「ダメだ、この恋愛脳のバカ野郎は。会話が通じねえ。おい小鳥!!　お前の口から言ってやるんだ。お前のやってることはただの迷惑だってな!!」

結城は初白の方を見た。その体が震えている。父親のこういう怒りに任せた命令に初白はこれまで一度も逆らうことができなかったのだろう。

だから、結城はハッキリとした声で初白に語りかける。

「なあ、初白。何度も言ってきたけどさ。もう一度だけ言うぞ。俺はお前にもっとワガママを言ってほしい。自分のこうしたいという思いを口にしてほしい。なるべく付き合うからさ。な？」

初白は少しの間、迷いのある表情をしていたが、一度深く目を閉じる。

そして、その目が見開かれたときには、強い決意を秘めた眼差《まなざ》しがそこにあった。

「……はい、結城さん。ワガママ……言ってみます」

初白は真っすぐに清水の目を見つめる。

不意に結城の手に慣れ親しんだ温《ぬく》もりが触れた。

（……手を繋《つな》いでいてもらっていいですか？）

（ああ、もちろんだ）

初白は大きく息を吸う。そして小さく。

（……ごめんなさい。お母さん）

そう呟《つぶや》いた。

「どうした!!　早く言え!!　親の言うことが聞けないのか!?」


「――嫌です!!!!」

初白がこれまでで一番、腹の底から張り上げた声でそう叫んだ。

「なっ!?」

「私は、アナタと一緒にいたくない!!　私のことを大好きだって言ってくれて大事にしてくれる結城さんと一緒にいたいんです!!　だから、アナタの言うことは聞けません!!」

家中に響き渡るハッキリとした力強い声だった。

結城は思わず笑みを浮かべてしまう。

ああ、ようやく聞けた。初白の本心が初白の口から。

そして、その声にまるで押されたかのように清水の体がふらつく。

「……小鳥。お前は……お前まで」

「お、おい。清水どうした？」

明らかに異常だった。

先ほどまでの剣幕がまるで嘘のようにその体中から生気が抜けてしまっている。その表情は虚《うつ》ろで焦点が定まっていない。

「あ、おいどこに行くんだ!!」

清水はふら付く足取りのまま、家を出てどこかに歩いていってしまった。

「……」

「……」

清水が出ていってしばらく、結城と初白は何も言えずに黙っていた。

先ほどまでのことが、まるで嘘であったかのように静まり返る。

しかし、初白の体からガクンと力が抜けた。

「おい、大丈夫か？」

「はい……大丈夫です。ちょっと腰が抜けてしまって」

初白は疲労困憊《こんぱい》といった様子である。

当たり前だろう。先ほどまで清水に暴力を振るわれていたのだから。

しかし、それでも、その表情は不思議と晴れやかだった。

「結城さん。私……言えましたよ」

初白は誇らしげにそう言った。

「ああ」

「ちゃんと言えました」

「ああ」

「結城さんがいてくれたから頑張れました。結城さんが絶対に傍にいてくれるって思ったから、言えたんです……」

そして、初白はそこで少し言葉を切る。

するとその瞳《ひとみ》から涙が滲《にじ》んできた。ギュッと結んだ唇が必死に何かを堪《こら》えているというのを言葉以上に伝えてくる。

それを見て結城は改めて実感した。

そうだ、初白は本当に頑張ったのだと。怯《おび》える心を奮い立たせて、精一杯。

結城は自分の中から沸き上がる衝動を抑えられなくなった。

「なあ、初白。初めて手を繋《つな》ごうとして繋げなかったあの日に言ったこと、覚えてるか？」

「……え？」

結城は両手をガバッと広げると、初白の体に腕を回した。

そして、ギュッと。

優しく、でも強く。抱きしめた。

「結城……さん？」

「……怖かったのに、よく頑張ったな」

「……ぅぅ」

初白の瞳から大粒の涙が流れ、嗚咽《おえつ》が漏れる。

「怖かったぁ、怖かったです……」

「そうだな。すごいぞ」

結城の腕の中で震えるその体は華奢《きゃしゃ》で、それでも柔らかくて優しい匂いがして温かくて。

ずっとこうしていたいと思いながら、結城は初白が泣き止むまでその背中を優しく撫で続けた。

やがて、初白がしばらく泣いて落ち着くと、あることに気づく。

「……結城さんも、震えてないですか？」

「あ、ばれた？　実は結構ビビってたんだよ」

色々勇ましいことを口走っておいて恥ずかしい限りである。

いやでも、だって、普通に怖いだろ。平気で暴力振るう大人に立ち向かうとか。清水のやつ引退してるのに体結構デカいし。

などと思っていると、結城の体が温かい温もりに包まれた。

初白が結城を抱きしめてきたのである。

「お返しです。怖かったのによく頑張りましたね……」

先ほど結城が言ったのと同じことを言ってきた。

……いや、泣かないからね。さすがにこの状況で大泣きするとか恥ずかしいわ。

あ、やべ、ちょっと涙滲んできた。

早く離れないと泣きそう……でも、離れたくないなあ。

結局初白の温もりに白旗を上げて、少しだけ彼女の腕の中で泣いてしまった結城だった。

◇

清水は夢遊病者のような足取りで夜の街をふらついていた。

「……俺の人生は全てが上手《うま》くいっていたはずだったんだ」

小学校から始めた野球ですぐにその才能を開花させた。そのまま中高ではエースで四番、甲子園は準優勝まで行った。

皆が清水を称賛した。そのままドラフトにかかって二位指名で東京のチームに入団し、入団一年目から一軍で投げる。

そして、妻である初白黒羽《くろは》と知り合い結婚する。翌年には子供も生まれた。身内びいきを抜きにしても妻に似て可愛らしい子供だった。

全てが揃っていた。順風満帆とはまさにこのことだろう。

全てが清水の思うままだった。

だが、それは肩の故障と共に次々に崩れていくことになる。

プロ入り八年目で上手く肩が上がらなくなった。それを何とかしようと無理に投げていたら今度は肘《ひじ》と股関節《こかんせつ》が故障した。

昨日まで清水を褒めたたえていたマスコミやファンやコーチたちもあっという間に見向きもしなくなった。

その二年後には戦力外通告。清水自身もすでにまともなボールを投げられないことは分かっていた。

しかし、それでもこういうことはプロの世界では付き物である。自分にはずっと支えてくれた妻と愛する娘がいる。悔しい気持ちを押し殺して、セカンドキャリアを頑張ろう。

そう思っていた矢先の事故だった。妻の亡骸《なきがら》を見てただひたすらに泣き崩れていたことだけは覚えている。

それでも、娘がいるのだから頑張らなくてはならない。

（……見ていてくれよ黒羽。俺とお前の大事な娘は俺がしっかりと守ってみせるからな）

新しい仕事は地方の食品メーカーの営業職だった。

しかし、野球のように上手くはいかない。とにかく叱られ周囲に頭を下げて働く毎日、帰れば育児と家事が待っている。思い通りにいかない。少し前までは誰もが憧《あこが》れるプロ野球選手だったのが嘘のようだった。結局仕事は長続きせずに辞めてしまう。

気が付けば清水は全てを失っていた。

ただ、抜け殻のように過ごす日々。

そんなある日、娘が居間で長々とテレビを見ているのを見て、そう言えば母親がいなくなった分、こういうことは自分が注意しなければと思った。

『遊んでばかりいないで、勉強をしろ』

そう言ったら娘はすぐにテレビを見るのをやめて、その日からほとんど家で勉強以外をすることはなくなった。

ある日、皿洗いをするのがめんどくさくなった日があった。

『家事くらい手伝ったらどうなんだ？』

苛立ちに任せてそう言ったら、娘は皿洗いどころかその日から家事の一切を引き受けるようになった。

……ああ。

　こいつだけはまだ、俺の思い通りになるんだな。

　そう思ったら歯止めが利かなくなっていた。

　命令しても叱りつけても殴っても蹴《け》っても、娘は文句の一つも言わずに言われたことを忠実にこなしていく。

　ああ、俺はまだ人の上にいるんだ。

　そうとも、当然じゃないか。

　だって、俺が育てたのだから。俺の金で俺が飯を食わせて育てたのだから。俺の思い通りになって当然なのだ。

　しかし、ついさっき。

『――嫌です!!!!』

　その娘に、拒絶された。

　その瞬間。

　目の前にいる少女が自分の言うことを聞くだけの人形ではなく、人間に見えた。

　一人の女の子に。亡き妻に自分が守ってみせると誓った、大切な娘に。

　そんな。俺は……。

　違う。俺は娘のために。いや、違う、俺は自分のためにアイツとの大事な娘を……。

　清水は気が付くとその場から逃げ出していた。

「俺は……俺は、今まで何をして……」

その時。

ドンと正面から人にぶつかった。

「ってえなてめえ」

ガラの悪そうな金髪の男とスキンヘッドの男の二人組だった。

ドン、と腹部に強い衝撃。どうやら蹴り飛ばされたようだった。

「……ぐっ」

苦痛に膝《ひざ》をついて蹲《うずくま》る清水だったが、そこに容赦なく二人の暴力が降り注ぐ。

痛い、苦しい……ああ、俺はこんなことをずっとあの子にやってきたのか？

「おい、コラおっさん。どこ見て歩いてんだよ？」

金髪に髪の毛を摑《つか》んで引きずり起こされる。

「……」

「おい、何黙ってんだ？」

「まあいいや、とりあえず財布出せや。それで許してやるよ」

「……どこ見て歩いてんだよ、か」

「あ？」

「何言ってんだ？」

「……ほんとにな、どこ見て歩いてたんだろうな」

ミシリ、と清水の右拳《みぎこぶし》が金髪の男の顔面に叩《たた》きつけられた。

「……ぐぶっ」

金髪の男は鼻血を出しながら膝をつく。

「て、てめえ。なにしやが……ごふっ!!」

みなまで言う前に、スキンヘッドも殴り飛ばした。

清水は目に涙を浮かべながら、倒れたスキンヘッドを蹴り飛ばす。

「なあ!!!!　教えてくれよ!!」

何度も何度も、これまで娘にしてきたように。

「いったい!!　俺はぁ!!　どこ見て歩いてたんだろうなあ!!!!」

「てめえええええええ!!」

起き上がった金髪の男がこちらに向かって走ってきた。

その手にはギラリと銀色に光る鋭い刃物が握られていた。

「死ねやあああああああああああ!!」

鮮血がアスファルトの上に飛び散った。

◇

清水が過剰防衛で逮捕された。

担当弁護士だという男からその電話が清水の家にかかってきたのは明け方のことだった。なんでも、昨晩路上で二人組の男と喧嘩《けんか》をしたらしい。相手の一人が刃物を持ち出して襲いかかってきたところ、組み合いになりもつれた拍子に相手の心臓に刃物が刺さり死亡したということである。

相手が二人組だったことや、相手から仕掛けてきたこと、何より刃物を取り出して襲いかかられたことなどから、相当に刑が軽くなりはするらしい。しかし人が死んでいるし、清水自身も過剰な反撃があったと認めているということでもしかしたら実刑判決が出るかもしれないとのことである。

初白と一度結城の部屋に戻り一日過ごした後、二人で面会に行った。

「やあ。二人とも。昨日はぐっすり眠れたかい？」

面会室でガラスの向こうにいる清水の様子は、何と言ったらいいのだろうか……まるで憑《つ》き物が落ちたようだった。

たった二晩なのに相当にやつれていた。十歳くらいは年を取ったように感じられる。

「清水、お前……」

「ははは、そう同情したような目を向けんでくれよ。自業自得さ、どれもこれもね……」

そう言って自嘲《じちょう》気味に笑う。その笑いは自然なもので、その目からはついこの前まで感じていたような嫌な感じはしなかった。

本当に穏やかな表情だった。

清水は声を小さくして結城達《たち》にだけ聞こえるように言う。

（……安心したまえよ。君達のことは何も話していないから）

「それは……まあ、助かるな」

「……お父さん」

結城の隣で初白が心配そうな声でそう言った。

「はは、お父さんか。いいんだぞ、小鳥。俺を罵倒《ばとう》してくれて」

初白は首を横に振った。

「いいえ。お父さんはお父さんですよ。これまでの苦しさを忘れるわけではないですけど……私をここまで育ててくれた大切な人です」

「……小鳥」

「出てきたら一緒にご飯食べましょう。あの時のカレー作って待ってますから」

その言葉に清水は上を向いて顔を覆った。

そして数回深呼吸をして再び初白の方を見る。

「ふう。お人よしが過ぎるな。そういうところはお母さんそっくりだ」

その目の周りが少し濡《ぬ》れていたのは錯覚ではないだろう。

「まあでも。今度はちゃんと食べさせてもらうよ……」

「……はい」

初白は嬉《うれ》しそうにそう言って微笑んだ。

その後、少しの間親子で話をしていたが、時計を見て清水が初白に言う。

「……ああすまない小鳥。結城くんと二人で話があるんだ。少し早いが先に席を外してもらえるかい？」

「え？　はい。分かりました。また来ますね」

「時々でいいからな。それよりも自分のことをしっかりとやってくれよ」

「……嫌です。そこそこに足しげく通います」

そう言ってフンと鼻を鳴らす初白。

清水はその様子に驚いて固まってしまった。

初白は監視員に一礼すると、部屋を出て行った。

「……」

「おい、清水。いつまで固まってるんだよ」

「ああ、いや、すまない。小鳥があんなことを言うとは……強いな、あの子は」

「最高にかわいいだろ？　俺の彼女だ」

「……ははは。君らにはホントに敵《かな》わんよ」

　清水はそう言って笑った。

　ああ、本当に笑ってるなこれ。ちゃんと笑ってる。

　後でそれ、初白にも見せてやれよ。

「それで、話ってのは？」

「ああ、これを」

　そう言って渡されたのは銀行の通帳だった。

「いくつかあるプロだったころの契約金を入れてある口座の一つだ。小鳥がお世話になっていたからその分さ」

「こんなん渡されても俺は初白と違って許さねえぞ」

「許してもらう気なら小鳥の目の前で渡すさ、そうすれば君も僕を責めづらいだろう？　というか、小鳥のやつが簡単に許しすぎて若干居心地が悪いんだよ。是非君は恨んでいてくれたまえ」

「……そうかよ」

　結城が通帳の中身を確認する。

「……おい、さすがに桁《けた》が一つ間違ってないか？　いくらなんでもこれは」

「身に余るかな？　なら小鳥に何かあった時に使ってくれると嬉しいかな。ちなみにパスワードは１１１１だよ」

「なんか、セキュリティの甘すぎるパスワードだな。テキトーにしすぎだろ」

「そういうわけではないんだけどね……」

どういうことだ？　と首をかしげる結城に清水は言う。

「十一月十一日、黒羽の……小鳥の母親の誕生日さ」

自嘲気味に笑って清水は言う。

「こんなの別に変えてもいいだろうけどね。ただ、うん、なんとなくね。変えたくなかったんだよ」

「……なあ、清水。女なんていくらでもいる。一人に拘《こだわ》るやつは愚かだってあの言葉は、自分に言ってたのか？」

清水が初白の母親を失ったときはまだ二十八歳。引退したとはいえ十分な資金もあったし、新しい相手を探そうと思えばいくらでも探せただろう。

「さあね……忘れたよ」

「そうか……まあ、ありがたくもらっておくよ」

結城は通帳をポケットにしまった。

ちょうどその時、監視員が「そろそろ時間です」と言ってきたので結城は席を立った。

「結城くん。こんなことを僕が言えたことではないかもしれないが」

清水は最後に深く頭を下げてこう言った。

「小鳥を……よろしく頼む」

「ああ、任せとけ。アンタも体には気をつけろよ」

◇

「お父さんと何を話していたんですか?」

帰り道を歩いている最中、初白がそんなことを聞いてきた。

「ん?　あーちょっと男同士の話だな」

「ふふ、なんですかそれ」

初白はそう言ってクスクスと笑う。

「……」

しかし、その笑顔はどこか暗かった。

「なあ、初白。やっぱり清水が捕まったこと気に病んでいるのか?　自分のせいなんじゃないかって」

「それは……はい、少し」

「そんなことはない、ってまあこんなこと言っても楽になるものじゃないもんな」

結城も藤井に負い目がある。後で死ぬほど謝るつもりだ。

「そうですね……もう、性分みたいなものですから」

初白はそこで立ち止まった。

「ねえ。結城さん。昨日お母さんのこと話しましたよね」

「ああ」

昨日一日、結城は初白から身の上話を一通り聞いていた。

「私は私がワガママを言ったせいでお母さんが死んでしまったあの日から、お母さんの代わりにお父さんを支えようとしてきました。私のせいで奪ってしまった幸せを取り戻してあげたかった。そのために生きてきました。でも結局はこんなことになってしまって……」

初白の表情は今にも泣き出しそうだった。

まったく……清水の言う通りだよ。お人よしがすぎて心配になるわ。

結城は両手を広げると初白を抱きしめた。

二日前にそうしたように、優しく、それでもしっかりと。

「なあ、初白。俺がいるぞ」

「……結城さん」

「俺がお前に幸せにされてやる。これからも俺を幸せにしてくれ」

「……はい」

初白も結城の体に手を回して、お互いにギュッと抱きしめ合う。

柔らかな温《ぬく》もりが二人を包み込む。

初白は結城の胸に顔をうずめながら言う。

「生きてる意味……ちゃんと見つかりました」

「そうか……それはよかった……」

結城は優しい声で言う。

「でもな、俺のためだけに生きるんじゃなくてさ……これからは色んな楽しいことを見つけていこうな」

そう。初白の人生は始まったばかりだ。母親の代わりとして生きるんじゃなくて、自分の意志で自分のやりたいことを選べる。そんな当たり前の人生がこれから始まるのだ。

「はい。でも、一人だと心細いから結城さんも一緒にいてくださいね？」

「ああ、もちろん。俺もお前がいてくれないと嫌だぞ」

面会だ
ザッ
……清水
……お父さん
……ああ
やあ。二人とも
昨日はぐっすり眠れたかい？

エピローグ　灰色少年と彼女

結城《ゆうき》祐介《ゆうすけ》はいつも通り目覚ましが鳴る少し前に目を覚ました。

いつも通り、黙ってまだ鳴っていない目覚ましを切ると制服に着替えて朝食をとる。

朝は先日買っておいたコンビニのおにぎりと野菜ジュースで済ます。これもいつも通りのことだ。いただきますもごちそうさまも言わない。

そのままこれも前日のうちに学生カバンに入れておいた今日使う勉強道具を持って家を出る。

行ってきますは言わない。言う相手などいないし必要ない。

今日もいつも通り、医者になるという夢に向かって黙々と勉強をする。それだけだ。

結城は通学路を歩き出した。

「――っていう懐かしい夢を見てな」

結城は朝食を食べながらそう言った。

清水《しみず》の一件から一か月がたった。

夏休みも終わり、今日から新学期である。

「そうですか……私と会う前の結城さんですか」

小鳥《ことり》がテーブルの向かい側で焼き魚をキレイに食べながらそう言った。

一か月前に清水からつけられた傷はすっかり治り、傷跡もない。

そして、そんな小鳥が着ているのは結城の学校の制服だった。

あの後、清水の古くからの友人である校長が色々と手を貸してくれた。校長は小鳥に「彼の傍にいながら気づいてあげられなくて済まない」と謝った。ついでに、すでに良くない噂が広がっている今の女子高から、こちらの学校に転校しないかと提案してくれた。

小鳥はその提案を受け入れ試験に合格し、結城と同じ学校に一つ下の後輩として通うことにしたのである。

「ああ、あの無機質な感じっていうのかな……まだ三か月前だってのに、ずいぶん懐かしく感じるよ」

「無機質ですか？」

「ああ。なんかこう、生きがいが無いっていうのかな。目標だけあってそこに向けて黙々と行動するだけの機械みたいな感じだったよ。それが今では、こうして小鳥と一緒に小鳥が作ってくれた朝飯食うって生きがいがある」

　ちなみに小鳥が住んでいるのは、結城と同じアパート。というか、隣の部屋である。

　だからこうして、二人で一緒に朝食を取っているのである。夕ご飯も寝る前に手を繋《つな》いで体を寄せ合う時間も。一緒に寝ることはさすがになくなったが、それ以外はほとんど一緒に住んでいた時と同じだった。

「他にも、小鳥に朝おはようって言ったり、帰ってきたらただいまって言ったり、一緒に歩いたり、寝る前に手を繋いでゆっくりしたり」

「生きがい多くないですか？」

「小鳥に関することなら全部生きがいだぞ」

「……」

　……ふっ、決まったな。

　結城は心中でそう思った。

　小鳥と付き合いはじめて三か月。ようやくキザったらしいセリフも真顔、いや、ちょっと照れるけど露骨に緊張しないくらいではけるようになった。

　さあ小鳥よ、可愛らしく照れるがいい。

　と思ったが、小鳥は結城の目の前にある手作りの牛乳プリンが入ったコップを持つと、手に持ったスプーンですくいとって結城の目の前に差し出してきた。

「はい。結城さん」

「……何だ小鳥？」

「嬉《うれ》しいこと言ってくれたんで、あーんしてあげようかと」

……なん、だと!?

あーんである。そう言えば一度もしてなかったあーんである。

「しないんですか？」

小鳥が小首をかしげる。

……可愛いなこのやろう。

「する」

「じゃあはい、あーん」

結城は口を開けて、小鳥のスプーンに載った牛乳プリンを食べる。

相変わらず甘すぎないスッキリとした味わいが絶妙である。まあ、今は別の意味で甘さが凄《すご》い気がするが。

「美味《おい》しいですか？」

結城は素直にコクリと頷《うなず》いた。

ああくそ、当たり前だろ美味《うま》いし幸せだぞこのやろう。

結城は赤面しながら口をモゴモゴと動かす。

「ふふ。美味しそうに食べてくれてありがとうございます」

小鳥はそれを見てクスクスと笑った。

「さて。そろそろ片付けて学校に行く準備しましょう、結城さん」

そう言って立ち上がる小鳥。

うーむ。小鳥を照れさせてやろうと思ったのに返り討ちにあってしまった。

おのれ……腕を上げたな……ん？

「お前、耳赤くないか？」

「な、なんのことですかね？」

そう言って結城とは反対の方向を向いたまま、両手で耳を隠そうとする。

「……さてはお前も照れくさかったんだろ？　こっち向いてみろ」

「……むー」

そう言って振り返った小鳥のふくれっ面は結城に負けないくらい真っ赤になっていた。

「よし、そうと分かれば俺もあーんしてやるぞ」

「はいはい、食器下げますよー」

「あ、こら逃げるな小鳥」

（……ああ、幸せだな）

これが、結城の新しい日常だった。

どうでもいいようなやりとりを小鳥と二人で交わしていく毎日。

結城は思う。

一人で過ごしていたときは用意をして出るだけだった朝の時間が、こんなにも楽しいと。

あの日、小鳥と出会う数日前。なぜかモーレッツに彼女が欲しくなった。それはもしかすると、こういう温かさを無意識のうちに求めていたのかもしれない。と、最近そう考えるようになった。

「あれ？　そう言えば、その手紙なんですか？」

結城が重ねた食器をキッチンに持っていこうとした小鳥は、テーブルの上に置かれたピンク色の便箋《びんせん》と封筒を見て言う。明らかに結城の趣味ではない色である。

「ん？　ああ、これか？」

結城は便箋を封筒の中にしまいながら言う。

「まあ、定期報告ってやつだな」

◇

それから数日後。

結城の実家の母親に息子からの手紙が届いた。

月に一度、この便箋に気合いを入れた近況報告をしたためて送ってくるべし。

というのが、結城が実家を離れるときに母親が出した条件である。

これまでその手紙には、結城らしく本当に事務的な成績や体調や貯金額の推移などの近況報告が子細になされているばかりであり、結城の母親は「そういうことじゃねえんだよ」と飽き飽きしていたところであった。

しかし。その日の手紙は一味も二味も違っていた。

その手紙はこの文言から始まった。

『母へ。

彼女ができた。

彼女ができたぞ。

最高の彼女だ』

そこからいかにその彼女が最高かをひたすらにＡ４用紙一枚に書き綴《つづ》った手紙を見て、母親は体がねじ切れるんじゃないかというくらい大いに悶絶《もんぜつ》することになった。

なんということこっぱずかしさ。息子め、私を悶絶させるとは成長したではないか。

そんなことを思った夏のひと時だった。

特別編

小鳥の秘密の一人時間

初白《はつしろ》小鳥《ことり》……もとい、清水《しみず》小鳥は学校の帰り道を結城《ゆうき》と歩いていた。

「じゃあ小鳥、また俺の部屋でな」

「はい。この前美味しいって言ってたキュウリの酢漬け、また作ってありますからね」

「へえ。そりゃ帰ってくるのが楽しみだな。じゃあ、今日も小鳥の料理を美味しく食べるために頑張ってくるわ」

そう言って結城は家路とは別の方向に歩いていった。

その後ろ姿をよく見ると、嬉《うれ》しそうに小さくスキップなどしていた。

「……もう、結城さんってば」

よく妻子持ちの男の人が「妻がいるから頑張れます」みたいなことを言ったりするが、正直なところ小鳥は社交辞令で言ってる人が多いんじゃないかなと思っていた。

しかし、自分の彼氏を見て思うのだ。

ああ、ホントにこの人は自分の料理を食べるのを楽しみにしているんだなと。

こんなにまで自分を必要としてくれるなんて……。

小鳥はこれまでずっと、今は更生中の父親を母親の代わりに支えるために頑張ってきた。

（でも、私はやっぱりお母さんの代わりになれなくて……）

結局、一度も父親が心から笑った顔を見せることは無かった。

だから、自分が何かをすると結城が心から喜んでくれるのが本当に嬉しい。

……そんなことを思いながら歩いていると、自分と結城の住むアパートの前にたどり着いた。

バッグの中を漁《あさ》る。

小鳥は二つ鍵《かぎ》を持っている。

一つは自分の部屋の鍵。

小鳥はそれを使って自分の部屋の扉を開けると、学校の荷物を置いてすぐに部屋を出る。

一月ほど前から住み始めた部屋だが、正直なところほとんど夜寝るか荷物を置くためにしか使っていなかった。

自分がほとんどの時間を過ごすのは、もう一つの鍵で入る部屋だ。

その鍵はもちろん結城の部屋の合鍵である。

小鳥は慣れた手つきで玄関を開けると、結城の部屋に上がり込む。

学校指定のローファーを脱いで揃えると、リビングの端に置いてあるクイックルワイパーを使って床全体を掃除する。同時に棚の上や窓の縁など、ホコリの溜《た》まりそうなところをモップで拭《ふ》く。毎日しているので、軽くやるだけで十分に綺麗《きれい》になった。

それから、トイレや風呂場《ふろば》など水回りも丁寧に掃除していく。

地味な作業だが、小鳥はこういう細々した作業というのが割と好きな方だった。

なにより、結城は今頃汗水流して生活費を稼いでいるのだ。こんな程度のことで大変がっていては顔向けができないというものである。

「……それに」

小鳥は、結城が前に風呂に入る時に「いつもピカピカになってるから気分がいいなあ」と言って、風呂の壁を指で擦《こす》ってキュキュと音を鳴らして楽しそうにしていたのを思い出す。

自然と口元が緩んだ。

うん……これであの人が気分良く過ごせるならやすいものだ。と素直にそう思う。

「うん。これでよし」

三十分ほどで小鳥は一通り掃除を終えた。

小鳥は掃除したばかりの風呂にお湯を張ると、そのまま制服を脱いで風呂に入って今日一日の汚れを洗い流す。

「……ふう」

ほっと一息つく。

小鳥はお風呂が好きだった。

密閉された空間で、一人ゆっくりとした時間を過ごしているとなんとも言えない安心感がある。厳しい父親だったが、お風呂に入っているときは何も言ってこなかったというのもあるかもしれない。

ちなみにこのアパートはトイレと風呂が別である。

基本的には寝られればどうでもいいという考えで物件を選んだ結城だったが、唯一こだわったのがこの風呂場とトイレが別であるというところだった。

そのせいで学校からはやや遠く、家賃の高いところになってしまったが（もっとも家賃の方は学校から補助が出ているのでほとんど懐は痛まないが）、それでも小鳥はいい選択だなと思う。

やはり、風呂に浸《つ》かっている時の日常から切り離されたような特別な安心感は、トイレと同じ空間にあるユニットバスではなかなか感じられない。

（よいしょ……）

しばらく浸かって十分に体が温まったので湯船から上がると、手の上にボディソープを出して脇の下から体を洗い始める。

普通の女の子は風呂場に色々な美容用品の小瓶が並んでいるらしいのだが、小鳥は結城と同じボディソープとリンスインシャンプーを使っているだけだった。

大谷《おおたに》が色々と使っているということなので、自分も使ったほうがいいのかと聞いたが。

『普段からがっつり運動してる人にダイエット食品が要らないように、アナタみたいに一切ジャンクフード食べずに規則正しく和食ばっかり食べてるような子は、こういう小細工は要らないと思うわよ。ＵＶケアだけしときなさい』

と言われたので、そのとおりにしていた。

一通り体を洗い終わると、シャワーで体を流して風呂場から出た。

タオルで体を拭いて、部屋着に着替える。

……これで、小鳥が帰ってからやることが一通り終わった。

後は結城が帰ってくる一時間くらい前から、夕食の準備を始めるだけだ。それまでまだ、三時間近くある。

「さてと……」

実は、ここからが清水小鳥という一人の少女が密《ひそ》かに楽しみにしている時間だった。彼氏である結城にもこのことは秘密である。

その楽しみとはすなわち……。

「……えい!!」

ポスンと小鳥は普段結城が寝ているベッドに倒れ込んだ。

「すんすん、ふああ……」

枕についた結城の匂いを吸い込んでため息を漏らす。

そう、小鳥の密かな楽しみとは、結城が普段寝ているベッドで結城の匂いに包まれながら眠ることであった。

「むー、むー」

小鳥は、結城の匂いが染み付いた枕を胸に抱きかかえながらゴロゴロと転がる。

そして、これも結城が普段使っている布団に頭まで潜り込む。

少し汗くさいようで、でも男の子らしくて安心する匂いが全身を包み込んだ。

「ふにゃぁ……」

人の言葉になっていない、とことん気の抜けた声が小鳥の口から漏れ出す。

まるで結城本人に抱きしめられているみたいで安心感がすごい。今日一日の疲れがトロトロに布団の中に溶け出していくようだ。

そして、もちろん。ただ安心するだけではなく、自分を包み込んでいるのは大好きな彼氏の匂いなわけで。

「……んっ」

要は、まあ、ちょっと悶々《もんもん》とした気分にもなるというわけだ。

太ももで結城の布団をギュッと挟み込む。

「……うぅん」

艶《つや》っぽい吐息が漏れる。

「……やっぱり、これ、すごく変態さんみたいですよね」

みたいというか、もし彼氏のものでなかったら変態そのものである。

「でも、こればっかりは、どうしてもやめられません……」

安心感と脱力感と悶々とする感じと、色んな心地よさがごちゃまぜになって自分の中に溜まった疲れを洗い流していくような……この瞬間が小鳥にはかけがえのない癒やしだった。

なにより、結城の匂いに包まれているのが抱きしめられているみたいでたまらない。

「また、ギュッってして欲しいな……」

結城に抱きしめられたのは、まだ二回だけ。父親の面会に行った日以来、まだ抱きしめてもらっていない。

自分から言う……というのも大事なのは分かる。

これは自分のワガママだが、結城の方から求めてもらいたい気持ちがどうしてもあるみたいだった。

たぶん、そういう風に求めてもらったほうが……単純に嬉《うれ》しいのだ。女の子として。

このままだと、我慢できなくなって自分から言いそうだが……。

「……抱きしめるだけじゃなくて……その先だって……結城さんになら私は……」

いつかそうなった時を思い浮かべるだけで心がポカポカとして、幸せな気分になる。

そんなことを考えていると、心地よい眠気がやってきた。

小鳥はベッドに置かれている目覚まし時計のアラームを結城が帰ってくる一時間前にセットすると、もう一度布団を深くかぶって枕を抱きしめた。

そして、彼氏の優しい匂いと暖かさに包まれながら、いつか来るであろうそうなる日を夢見てゆっくりと目を閉じるのだった。

あとがき

読者の皆様。はじめまして、岸馬《きしま》きらくともうします。

『飛び降りようとしている女子高生を助けたらどうなるのか？』を手にとっていただき、ありがとうございます。

本作品は元々ユーチューブチャンネル「漫画エンジェルネコオカ」の動画を小説にしたものです。「漫画エンジェルネコオカ」には他にも心があたたかくなるような恋愛モノが沢山ありますので、よかったら覗《のぞ》いてみてください。

さて、本作はこうして本として発売するまでにいろいろな経緯があったのですが、たくさんの方の協力もあり実現することができました。

ＷＥＢに掲載していた頃から応援してくれていた方々、「漫画エンジェルネコオカ」のファンの方々。

出版してくださったスニーカー文庫様、こだわりが強い岸馬の話をよく聞いてくださった編集の宮川夏樹さん、惜しまず制作協力をしてくれた三河《みかわ》ごーすと先生と「漫画エンジェルネコオカ」の運営スタッフの皆さん。

漫画動画であまりにも可愛い初白《はつしろ》をいつも描いてくれている神イラストレーター「らたん」さん、美しい表紙絵を描いてくださり再々に渡るリテイクにもいぶし銀の職人技をもって応《こた》えてくださった黒《くろ》なまこさん。

自分をデビューに導いてくれた師匠。色々な相談や愚痴や自慢話をいつも聞いてくれる「岸馬きらく創作クラブ」の皆。

親の猛反対を振り切って「自分は小説家になるんだ!!」と豪語して仕事を辞めて上京するときに、こっそり十万円を渡してくれたおばあちゃん。

こうして最高に面白い創作の機会を与えてくれたネコオカさん。

そして「あー、ラブコメどう書いたらいいんだろうなあ」と頭を抱えていた岸馬の前に、ある日突然やってきてくれた最高の主人公の結城《ゆうき》祐介《ゆうすけ》と最高のヒロインの初白小鳥《ことり》。

皆、皆、皆、本当にありがとうございます!!

おかげさまで、作家として大きな目標であった「『あたたかい幸せ』を書いた作品を出す」を達成することができました。

これからも一筆入魂《にゅうこん》、岸馬の書ける最高の物語でもって恩返しをしていきたいと思います。どうかお付き合いいただければ幸いです。

とびじょ 発売
おめでとうございます！
初白さん可愛すぎて
ニヤニヤしてしまいました…
初白さん、結城さん
末永くお幸せに…!!

『とびじょ』
よろしく
お願いします!
初白ちゃん
幸せになって
ほしい…!
Ratan

飛《と》び降《お》りようとしている女子高生《じよしこうせい》を助《たす》けたらどうなるのか？

著　岸馬《きしま》きらく

角川スニーカー文庫　22617

2021年４月１日　初版発行
2021年８月５日　４版発行

発行者　青柳昌行

発　行　株式会社KADOKAWA
〒102-8177 東京都千代田区富士見2-13-3
電話　0570-002-301（ナビダイヤル）

印刷所　株式会社暁印刷
製本所　本間製本株式会社

◇◇◇

Printed in Japan　ISBN 978-4-04-111120-8　C0193

★ご意見、ご感想をお送りください★

〒102-8177 東京都千代田区富士見 2-13-3
株式会社KADOKAWA　角川スニーカー文庫編集部気付
「岸馬きらく」先生
「黒なまこ」先生／「らたん」先生

角川文庫発刊に際して

角川源義

第二次世界大戦の敗北は、軍事力の敗北であった以上に、私たちの若い文化力の敗退であった。私たちの文化が戦争に対して如何に無力であり、単なるあだ花に過ぎなかったかを、私たちは身を以て体験し痛感した。西洋近代文化の摂取にとって、明治以後八十年の歳月は決して短かすぎたとは言えない。にもかかわらず、近代文化の伝統を確立し、自由な批判と柔軟な良識に富む文化層として自らを形成することに私たちは失敗して来た。そしてこれは、各層への文化の普及滲透を任務とする出版人の責任でもあった。

一九四五年以来、私たちは再び振出しに戻り、第一歩から踏み出すことを余儀なくされた。これは大きな不幸ではあるが、反面、これまでの混沌・未熟・歪曲の中にあった我が国の文化に秩序と確たる基礎を齎らすためには絶好の機会でもある。角川書店は、このような祖国の文化的危機にあたり、微力をも顧みず再建の礎石たるべき抱負と決意とをもって出発したが、ここに創立以来の念願を果すべく角川文庫を発刊する。これまで刊行されたあらゆる全集叢書文庫類の長所と短所とを検討し、古今東西の不朽の典籍を、良心的編集のもとに、廉価に、そして書架にふさわしい美本として、多くのひとびとに提供しようとする。しかし私たちは徒らに百科全書的な知識のジレッタントを作ることを目的とせず、あくまで祖国の文化に秩序と再建への道を示し、この文庫を角川書店の栄ある事業として、今後永久に継続発展せしめ、学芸と教養との殿堂として大成せんことを期したい。多くの読書子の愛情ある忠言と支持とによって、この希望と抱負とを完遂せしめられんことを願う。

一九四九年五月三日

Next scene
飛び降りようとしている女子高生を助けたらどうなるのか？2
幸せな同居生活を送る結城と初白。
次回、二人の間に子供が――？
2021年夏、発売予定

時々ボソッと
ロシア語でデレる
隣のアーリャさん
Милашка❤
燦々SUN
イラストももこ
story by sun sun sun
illustration by momoco
ただし、彼女は俺が
ロシア語わかる
ことを知らない。
特設
サイトは
こちら!
スニーカー文庫